Moritz Wilhelm Gotthard Müller, Johann Karl August Musäus

Johann Karl August Musäus

Moritz Wilhelm Gotthard Müller, Johann Karl August Musäus

Johann Karl August Musäus

ISBN/EAN: 9783744641685

Hergestellt in Europa, USA, Kanada, Australien, Japan

Cover: Foto ©Raphael Reischuk / pixelio.de

Weitere Bücher finden Sie auf **www.hansebooks.com**

Johann Karl August Musäus.

Ein Lebens- und Schriftstellercharakter-Bild

entworfen

von

Dr. Moritz Müller.

———❦———

Nebst einem Anhange, enthaltend einige Gedichte von
Musäus.

Jena,
Druck und Verlag von Friedrich Mauke.
1867.

In der Entfernung erfährt man nur von den ersten Künstlern; wenn man aber diesem Sternenhimmel näher tritt und die von der zweiten und dritten Größe nun auch zu flimmern anfangen, und jeder auch als zum ganzen Sternbild gehörend hervortritt: dann wird die Welt weit und die Kunst reich.

Goethe. (Ital. Reise.)

Der

verehrlichen Erholungs = Gesellschaft zu Weimar

in hoher Achtung zugeeignet

von dem

Verfasser.

Vorwort.

Unter den Sternen zweiter Größe am Himmel des klassischen Weimar glänzte einst Musäus. Und noch ist der Glanz dieses Sternes nicht verblichen. — Der gute Klang, den Musäus' Name als der eines unserer besten deutschen Schriftsteller hat, tönt fort und fort und wird nicht verklingen, so lange eine deutsche Literatur bestehen wird. Und wenn wir zum geistigen Bilde desselben, wie es in seinen Schriften uns vorliegt, das des Menschen fügen, so dürfen wir wohl unsere volle Freude an ihm haben.

Dem Aufzeichner nachstehender Mittheilungen kam es vornehmlich darauf an, den Dichter nach der ersteren Seite hin: aus dem Inhalte und nach dem Gehalte seiner Werke darzustellen, demnach hauptsächlich des berühmten Mannes geistige Gestalt, die Viele fast nur aus seinen Volksmährchen kennen, der Gegenwart in frisches Andenken zu bringen.

Auf Namen und Verdienst einer gelehrten, kritischen Arbeit erhebt das Büchlein keinerlei Anspruch. Nichts Anderes, als eine in schlichter Form gehaltene, etwas ausführlichere, specialisirtere Charakteristik des Vollendeten, als sie in den sehr schätzbaren älteren wenigen Beiträgen zur Bio-

graphie deſſelben uns aufbehalten iſt, wollen dieſe Blätter
geben, die ſich mit dem Namen eines Entwurfs begnügen.

Der beigegebene Anhang einiger kleinen Dichtungen
unſeres Autors iſt vielleicht manchem Leſer nicht ganz un-
willkommen. Auch ſie haben ihr Charakteriſtiſches. — Die
Entſcheidung darüber, in wie weit dem Verfaſſer der von
ihm angeſtrebte Verſuch gelungen iſt, muß er dem Urtheile
Einſichtsvoller anheimgeben.

Des Einen nur iſt er ſich bewußt: mit treuer Hin-
gebung an den Gegenſtand, mit warmer Liebe zur Sache
gearbeitet zu haben.

Den Gelehrten, welche mir zur Erlangung von Notizen
von und über Muſäus behilflich waren, den Herren: Ober-
bibliothekar Geh. Hofrath Dr. Schöll, Gymnaſial-Director
Dr. Raſſow in Weimar, Pfarrer Kraft in Mattſtedt und
Dr. med. L. Muſäus (Enkel des Dichters) in Weimar, ſo
wie den HH. Kirchenbuchführern daſelbſt und in Jena und
Eiſenach ſpreche ich für ihre mir bewieſene Gefälligkeit meinen
erkenntlichen Dank aus.

Niederroßla, am 29. März 1866.

Der Verfaſſer.

„Von berühmten Leuten wünscht man immer Mehr zu erfahren, als ihre trockenen und bürgerlichen Biographien besagen. Vorzüglich ist der Unterricht wissenswerth und lehrreich, wie und wodurch ein Mann von Rufe das, was er ist, geworden sei." — Diese Kundgebung des Mannes [1]), welchem die nachfolgende Besprechung gilt, ist auf ihn selbst ganz eigentlich anwendbar. Denn welcher Freund und Verehrer eines Schriftstellers von der Bedeutung eines Musäus sollte nicht den Wunsch hegen, etwas Ausführlicheres und Genügenderes über ihn, vor Allem über Gang und Verlauf seiner Bildungsgeschichte als Gelehrter und Verfasser von Büchern, die sich einen Namen erworben, in Erfahrung zu bringen, als davon im Allgemeinen in's Publikum gekommen! Und man muß gestehen: wenig genug ist davon der Welt bekannt geworden, und zwar aus dem einfachen Grunde, weil das Leben unseres Musäus an sich das unscheinbarste und einfachste gewesen, das vielleicht je ein berühmter Mann geführt hat. Wäre dasselbe intensiv nicht so vollhaltig und gewichtig, als es in Wirklichkeit war und ist: es würde kaum der Mühe lohnen, ihm eine besondere Theilnahme zu schenken. Auch verdanken wir einiges Nähere über seine äußeren Lebensverhältnisse und Schicksale lediglich der Vorsorglichkeit einiger seiner ehemaligen intimeren Freunde

und Bekannten, insonderheit seines Neffen und Schülers
August von Kotzebue (Kotzebue's Mutter und Musäus' Frau
waren Schwestern), welcher als Herausgeber einiger wenigen
nachgelassenen Aufsätze und Gedichte desselben so ziemlich
Alles, was sich über ihn in beregter Beziehung vorbringen
ließ, mit unverkennbarer Genauigkeit zusammengetragen und
mit pietätsvoller Feder in dem 1791 erschienenen Büchlein:
„Nachgelassene Schriften des verstorbenen Professors Musäus" aufgezeichnet hat. Etwas gründlicher und umfäng-
licher hat sich, mit Benutzung der Kotzebue'schen Materialien,
sein ungenannter Biograph im dritten Theile des „Deutschen
Ehrentempels", herausgegeben von W. Hennings (Gotha
1822), mit liebevollem Eingehen auf die bemerkenswerthesten
Charakterseiten des Trefflichen mit ihm beschäftigt. Und in
der That: nach der letzteren Richtung hin verdient nicht
leicht ein Autor freundlichere Beachtung, als eben er. Niemand aber hat ihn als Menschen wahrer und bündiger
beschrieben, als sein langjähriger Freund Bertuch in der
Vorrede zu Musäus' „Moralische Kinderklapper", wo er
über ihn sagt: „Deutschland verliert in ihm einen seiner
besten Köpfe, und seine Freunde einen Freund, den sie nicht
genug beklagen können. Der glückliche Humor, der ihn als
Schriftsteller auszeichnet, war auch in allen Lagen des Lebens
sein beständiger Gefährte. Die Hauptzüge seines Charakters
waren: eine nie getrübte Heiterkeit, der Spiegel einer reinen
Seele; herzliche Gutmüthigkeit, Dienstfertigkeit gegen Jedermann und eine grenzenlose Bescheidenheit. Er war von Herz
und Sinn wie ein Kind, und handelte wie ein Mann. Er
gehört zu den wenigen glücklichen Menschen, die im Laufe
ihres Lebens vielleicht nicht einen Feind hatten. Wer ihn
kannte, liebte ihn und beweint ihn nun." Und bis zum
letzten Augenblicke verließen ihn die Heiterkeit des Geistes,

sein Frohmuth und das ihm innewohnende und erworbene
stillselige, friedliche Wesen nicht, diese liebenden Gefährtinnen
seiner Tage.

Freundliches, höfliches Entgegenkommen, Nachsicht und
Duldsamkeit gegen seine Nebenmenschen: darin bestand ein
Hauptstück der Kunst, die er sein Lebenlang übte, um sich
Andere geneigt zu machen. So ließ er denn auch jedem
Narren seine Kappe (nur nicht den literarischen Klopffechtern
und Bramarbassen, die er, so weit es in seinem Plane lag
und sie in seinen geistigen Gesichtskreis kamen, das getrillt
hat), und wußte durch geschmeidige Toleranz der Eigenheiten
und Sonderbarkeiten, des Dünkels und Hochmuths ehr- und
titelsüchtiger Schwachköpfe und Einbildlinge sich auch bei
ihnen in Gunst zu setzen, ohne dabei seiner Würde das Min-
deste zu vergeben. Bei dargebotenen Gelegenheiten aber sich
über sich selber lustig zu machen; in heiter belebter Conver-
sation mit Freunden und Denen, die ihn verstanden, seine
kleinen Schwachheiten und Eigenheiten an den Pranger zu
stellen, hat er nicht verschmäht, so daß man unwillkürlich
an das Goethe'sche Wort erinnert wird:

> Wer sich nicht selbst zum Besten haben kann,
> Ist selbst gewiß nicht von den Besten.

Auch seine Gattin, die ihn so ganz verstand, in ihn sich
innig eingelebt hatte, mit ihm Ein Herz und Eine Seele
war, machte er zuweilen zum Objekte seiner schäkerhaften,
der gutmüthigst neckischen Laune, und sie selber lachte darüber mit [2]. „Unnachahmlich" — versichert Kotzebue — „war
seine Art und Weise, aus den geringfügigsten Kleinigkeiten
eine drollige Erzählung zu machen."

Er bewährte sich als eine zuverlässige, aufrichtige, in
hohem Grade unbefangene, eine tiefgemüthliche Natur, wie
irgend eine gewesen, und selten mag der angeborene, ächte

Humor, wie er in seinen Schriften sich zu Tage giebt, in dem Menschen so verkörpert hervorgetreten, mit ihm so verwachsen gewesen sein, als es bei ihm der Fall war; daher von ihm vor Vielen das Wort Bodenstedt's gelten darf³): „Die Macht und Weihe der Persönlichkeit ist es im letzten Grunde allein, was dem Kunstwerke ewiges Leben giebt." Wenn nun dazu und zu der sich nirgends verleugnenden deutschen Offenheit, Geradheit und Biederkeit, wenn zu wahrhaft humaner Gesinnung jener schlagende Witz, gepaart mit hervorstechendem Scharfsinn sich gesellet, der die Dinge, die seiner Anschauung, seinem Urtheile sich darbieten, in ihren wahren Gestalten und Umrissen sieht und auffaßt: so haben wir in diesen Eigenschaften sicherlich einen nach Kopf und Herz völlig gesunden, harmonisch organisirten, nicht gewöhnlichen Menschen vor uns. Als einen solchen aber dürfen wir Musäus, an welchem wir das Alles in unverkürzter Ganzheit finden, mit gutem Fug ansprechen und bezeichnen.

Der Unbekannte, der im Vorübergehen an Musäus' Garten in das Schlüsselloch desselben den Zettel legte, worauf geschrieben stand:

„Gottes bester Lohn über Dich und alles das Deine, Du lieber, frommer Mann!

Ein Wandersmann —"

hat in diesem kurzen Spruch dem Seltenen die würdigste Votivtafel geweiht, den beredtesten Denkstein errichtet. —

Auf seinem Gesichte schon drückten sich, wie sein uns aufbewahrtes Bildniß sie zeigt⁴), die Merkmale seines inneren Menschen erkennbar aus. Dies offene, große, ehrliche, frei, heiter und wohlgemuth in die Welt blickende Auge, dieser volle, wohlgebildete Mund mit dem Anfluge treuherzig-jovialen Lächelns in seinen Winkeln, diese hohe, reine

Stirn; diese hervortretende kräftige Nase, dieses Markige,
Feste, Behäbige in allen vom Geiste der Freude, des Wohl-
wollens und der Freundlichkeit beseelten Mienen machen uns
rasch mit ihm bekannt und lassen ihn uns schon im Voraus
liebgewinnen.

Johann Karl August Musäus, ursprünglich aus
einer sehr ausgebreiteten und geachteten Theologen-Familie
hervorgehend, wurde geboren zu Jena am 29. März 1735,
und war der einzige Sohn des Fürstlich Sachsen-Eisenach'schen
Amts-Commissarius und Landrichters Johann Christoph Musäus daselbst (geb. 1697 in Mattstedt bei Apolda) und dessen
am 5. November 1733 ihm angetrauten Ehefrau Wilhel-
mine Juliane, einer Tochter des Pfarrers August Streit zu
Ober-Oppurg im jetzigen Neustädter Kreise des Großherzog-
thums Sachsen-Weimar-Eisenach. Sein Großvater war der
M. Johann Ernst Musäus, geboren in Kranichfeld 1652
(Sohn des im Jahre 1655 verstorbenen Superintendenten
M. Johann Wolfgang Musäus daselbst), vom Jahre 1675
an bis 1688 Pfarrsubstitut in Niederroßla und am 19. April
1776 verheirathet mit Maria Elisabetha, Tochter des M. Johann Friedrich Horn in Oberroßla. In genanntem Jahre
1688 wurde dieser M. Joh. Ernst M. als Pfarrer nach
Mattstedt mit dem Filial Zottelstedt versetzt, wo er 44 Jahre
hindurch segensreich gewirkt hat. Einen Theil seiner Jugend
(vom Jahre 1663 an) brachte derselbe im Hause von seines
Vaters ältestem Bruder (unseres Joh. Karl Aug. Musäus
Urgroßonkel), dem am 7. Februar 1613 zu Langenwiesen
im Fürstenthume Schwarzburg-Sondershausen geborenen
Dr. und Prof. ordin. theol. Johann Musäus in Jena
zu, wo dieser zuerst Philosophie lehrte, und am 4. Mai

1681 ſtarb. Als Theolog hatte der zuletzt genannte Johann M.
ſich einen weithin berühmten Namen erworben und be-
hauptete eine ſehr angeſehene Stellung unter den aufgeklär-
teren deutſchen Gottesgelehrten, nicht nur ſeiner ausgezeich-
neten Kenntniſſe, ſondern auch der Mäßigkeit und Ruhe
wegen, womit er, bei aller Entſchiedenheit in Darlegung
ſeiner religiöſen und dogmatiſch-kirchlichen Ueberzeugung, die
von ſeinen theologiſchen Anſichten Abweichenden behandelte.
Seine polemiſchen Schriften gegen Katholiken, Reformirte
und Socinianer geben dafür den Beweis ab. Außerdem
ſchrieb er: Introductio in Theologiam. Jenae 1678. 4;
Ausführliche Erklärung über 93 vermeinte Religionsfragen,
gegen die Schrift: Theologorum Jenensium errores. Ibid.
1677. 4. — Ein jüngerer Bruder deſſelben, Peter M., geb.
zu Langenwieſen d. 7. Febr. 1620, wurde, nach vollendeten
Studien zu Jena, Wittenberg, Leipzig und Helmſtädt, 1648
Profeſſor der Philoſophie zu Rinteln, 1653 der Theologie,
lehrte dann zu Helmſtädt und zuletzt in Kiel, wo er den
20. Decbr. 1674 ſtarb. Er hing der Partei des Calixtus
an und ſchloß einen Religionsvergleich mit den Reformirten
(1661). Von ihm rührt her eine Introductio in Theologiam und eine Schrift gegen den Synkretismus: Liber de
fugiendo. Kil. 1670. 4.

In noch kräftigem Mannesalter überkam der Vater von
Joh. Karl Auguſt Muſäus die einen umfangreicheren Wir-
kungskreis bietende Stelle eines Juſtiz= und Ober=Amtmanns,
mit dem Titel eines Herzoglichen Raths, in Eiſenach. Hier,
inmitten einer reizenden und erhabenen Natur, unter den
Augen liebevoller und zugleich eine beſonnene, ernſte Zucht
ausübender Eltern heranwachſend, wurde der Sinn des Kin-
des für das einfach Schöne erfreulich geweckt und angeregt
und ihm hinreichende Gelegenheit geboten, den Grund zur

Ausbildung seiner trefflichen Geistes- und Gemüthsanlagen zu legen. Die natürliche Munterkeit und Lebhaftigkeit des freundlichen, zutraulichen Knaben, sein Lerntrieb und seine leichte Auffassungsgabe, so wie ein glückliches Gedächtniß ermöglichten es ihm, in den Disciplinen des ersten Schulunterrichts bald gefördert zu werden, und als er in seinem neunten Jahre unter die specielle pädagogische Aufsicht seines Oheims von mütterlicher Seite, des Superintendenten Dr. Johann Weißenborn in Allstedt kam, der im August des J. 1744 als Generalsuperintendent nach Eisenach versetzt wurde (gest. das. im Febr. 1761), wohin ihm sein hoffnungsvoller, wie ein Sohn von ihm gehaltener Neffe und Zögling folgte, fand er in dieser würdigen Pfarrfamilie, deren Haupt sein vornehmster Lehrer in den für das Gymnasium vorbereitenden Wissenschaften wurde, den erwünschtesten Stützpunkt seiner gedeihlichen Vervollkommnung nach Geist und Herz, obschon die, wie er sie selber nennt, „spartanisch strenge Pädagogik", die vormals überhaupt so ziemlich · an der Tagesordnung war, ihm wenig freien Spielraum vergönnte, seinem aufgeweckten Temperamente nachzuleben. Verkünstelt aber und durch eine allzu scharfe Erziehungs-Gärtnerscheere verkümmert wurde dennoch das glückliche Naturell des Knaben und Jünglings nicht. Denn das durch und durch urkräftige Wesen desselben gelangte, wie aus der späteren Entfaltung seiner Talente und Eigenthümlichkeiten hervorging, zur gedeihlichsten Blüthe und gesundesten Frucht.

Nach mehrjährigem Besuche des auch zu jener Zeit schon im besten Rufe stehenden Eisenacher Gymnasiums, währenddem er ununterbrochen im Weißenborn'schen Hause lebte, bezog er, neunzehn Jahre alt, die Universität Jena, woselbst er drei und ein halbes Jahr verweilte[5]), um sich dem Studium der Gottesgelahrtheit zu widmen, das er mit Vorliebe

ergriffen zu haben ſcheint, ihm auch mit Conſequenz und
eiſernem Fleiße huldigte. Und doch gab er wenige Jahre
nach ſeiner Zurückkunft von der Akademie die theologiſche
Laufbahn auf, obſchon er als Candidat des Oefteren in Eiſe=
nach mit Beifall die Kanzel beſtiegen hatte. Schon ſah er
ſich dem Ziele einer Anſtellung im Pfarramte nahe, als die
Gemeinde, für die er als Seelſorger bereits deſignirt war,
gegen ihn proteſtirend auftrat, weil ſie vernommen, daß der
nicht kopfhängeriſche Candidat ſich's einmal hatte beigehen
laſſen, ein Tänzchen zu wagen, was in jenen Tagen als ein
ſchweres, unſühnbares Verbrechen gegen die pfarrliche Würde
galt. Die ablehnende Stimme der rigoröſen Bauernſchaft
des Dörfleins Farnroda im Eiſenach'ſchen, dem er als Seelen=
hirt beſtimmt war, drang durch und er mußte auf die kleine
Pfründe Verzicht leiſten. — Einen, wenn auch in ſeinen
Folgen bei Weitem weniger ominöſen Pendant zu dieſem
Vorfall, der dem Lebenszuſchnitte eines Menſchen eine
andere Richtung gab, liefert die Thatſache, daß, als einer
der früheren Generalſuperintendenten in Eiſenach einmal in
einem dunkelgrünen Oberrocke ausgegangen war, dieſes der
paſtoralen Kleiderordnung*) zuwiderlaufende Unterfangen des
oberſten Kirchenlehrers der Stadt bei der Bürgerſchaft eben
daſſelbe Anſtoß gebende Aufſehen erregte, als es in Weimar
Herder mit ſeinem runden Hute, ſeinen mehrfachen Pferde=
ritten in dem Weichbilde der Reſidenz, ſowie nicht minder
ſeinem Schlittſchuhlaufen anfangs gethan hatte. — Unſeren
Muſäus, dem wahrſcheinlich ſeine pfarramtliche Muße be=
quemeren Spielraum und früheren Anlaß zu ſchriftſtelleri=
ſchem Wirken gegeben haben würde, als veränderte Verhält=
niſſe ihm dies ſpäter zuließen, führte der ihm geſpielte wi=
derſetzliche Streich jener Dörfler aus dem Bereiche der Theo=
logie auf das Gebiet des Informatorenthums, indem er,

im Jahre 1763, eine Anstellung als Pagenhofmeister in Weimar fand.

Sechs Jahre darauf (1769) wurde er als Professor an dem jenzeitlich unter dem Directorat des M. Frick, Carpov's Nachfolger, stehenden berühmten Weimarischen Gymnasium mit einem Jahresgehalte von dreihundert Thalern angestellt und ihm somit ein ausgebreiteterer Pflichtenkreis eröffnet (wobei er sein Amt als Pagenlehrer noch fortführte), in welchem er sich bis an sein Lebensende mit musterhafter Liebe und segenbringender Treue bewegte. Das Anstellungs= decret, von der Herzogin Anna Amalia (damaligen Vor= münderin ihres noch jugendlichen Sohnes Carl August) un= terzeichnet, datirt vom 12. Mai 1769. In demselben heißt es: „Wir finden gnädigst für gut, noch einen Praeceptorem bei denen beiden oberen Classen des Gymnasii, welcher in selbigem gewisse Stunden geben und den Directorem und Con - Rectorem subleviren soll, unter dem Prädicat eines Professoris und mit dem Range nach· dem zu dem Con- Rectorat beförderten M. Nolben, auf dieses Mannes Lebens= zeit anstellen zu lassen. Wir haben hierzu den zeitherigen Pagen-Informatorem, Johann Carl August Musaeus auser= sehen ꝛc." — Später rückte derselbe zum Range des ersten Gymnasialprofessors auf. Seine Antrittsrede handelte „de salute publica florentibus literarum studiis salva[7])."

Groß war die Anhänglichkeit seiner Schüler an ihn, den wohlmeinenden, in jeder Hinsicht tüchtigen Lehrer, dessen Herz und richtiger, von allem Pedantismus und steifem For= malismus freier Takt ihn den rechten Weg zu den Herzen seiner Zöglinge finden ließ, die er mit väterlicher Zuneigung behandelte. An jedem seiner Geburtstage überreichte ihm, dem „berühmten Professor Musäus", die Oberklasse der An= stalt ein gedrucktes glückwünschendes Gedicht, worin sie „ihre

schuldige Hochachtung und ihre lebhafte Freude" in beredten
Worten ausdrückte.

Vor manchem seiner Mitlehrer zeichnete er sich durch
seine ächt rationelle, geistige Lehrmethode aus und war
deswegen allem rein Mechanischen und geradezu Unprak-
tischen ein abgesagter Feind. Mit so großer Vorliebe er
dem Unterrichte in der deutschen Sprache oblag, so wenig
konnte er sich mit der in jenen Tagen auf den Gymnasien
eifrigst betriebenen Kunst befreunden, lateinische Verse zu
schmieden resp. schmieden zu lehren (wie diese unfruchtbare,
eine kostbare Zeit raubende noch zur Schulzeit des Verfassers
in der Secunda mit einer systematischen, trockenen Conse-
quenz betrieben wurde, als sei sie die Quintessenz aller Gym-
nasialbildung), daher er sehr wider seinen Willen darin un-
terrichtete. Um so angeregter fühlten sich die Schüler durch
seine Anleitung, deutsche Briefe zu schreiben und durch die
poetische Stunde, die er an jedem Sonnabende gab. Wie
richtig er, im Gegensatz zu so manchen seiner Collegen auch
von heute, dabei verfuhr, berichtet Kotzebue*). „Sobald er
in die Klasse trat, erkundigte er sich, ob etwa einer der
Schüler selbst einen poetischen Aufsatz verfertigt habe? denn
gezwungen wurde, wie billig, niemand dazu. Gewöhnlich fanden sich einige schüchterne Musenjünger, welche
aufstanden und mit niedergeschlagenen Blicken anzeigten, daß
ihr Pegasus gesattelt sei. Sogleich räumte ihnen Musäus
das Katheder ein, sie traten auf und durften von der Ceder
bis zum Ysop reden, indessen Musäus, die Hände auf den
Rücken geschlagen, schweigend auf und nieder ging. Hatte
der Dichter geendet, so wurde sein Machwerk vom Lehrer
kritisirt. Wenn keiner mehr da war, der das Schulpublikum
mit eigenen Gedichten zu unterhalten sich erbot, so traten
diejenigen auf, die fremde Gedichte auswendig gelernt hatten

und sie hersagten, um sich in der Declamation zu üben. Auch hier war aller Zwang verbannt. Es stand einem jeden frei, zum Behuf dieser Uebung zu wählen, was ihm gut dünkte. Musäus billigte oder tadelte die declamirten Stücke, und gab seinen Schülern Gründe für beides.‘‘

Ferner verstand er — ein tüchtiger Erzieher — ebensowohl Selbstgenügsamkeit und Schülerdünkel zu dämpfen, als Talente aufzumuntern. Letzteres hatte er einmal mit einem poetischen Versuche, einer Ballade seines genannten Schülers Kotzebue gethan, die der Lehrer für ein Produkt eines Musenalmanachs gehalten. Ersteres bethätigte er an demselben, von dem ihm gewordenen Lobe geistig berauschten Jünger. Denn als bei dem nicht lange nachher eintretenden öffentlichen Schulexamen, wobei Musäus einige Gedichte declamiren lassen wollte, besonders diejenigen Alumnen von ihm dazu aufgefordert wurden, die eigene Arbeiten vorzutragen im Stande waren, der eitle Kotzebue aber auf die Frage des Lehrers: womit er aufzutreten gedächte? flugs mit der Antwort fertig war: Mit meiner Ballade! und er auf Musäus verwundernde Frage: Welche Ballade? die geflügelte, selbstgefällige Entgegnung hatte: Ei, die nämliche, die der Herr Professor vor einigen Monaten so sehr lobten! — da erwiderte dieser unwillig: Ach was! bleibe Er mir mit seiner dummen Ballade vom Halse, ich habe das alberne Ding schon längst vergessen. Mache Er ’was Neues, ’was Vernünftiges und Gescheidtes!

Beim Strafen seiner Untergebenen, wobei er die rechte Strenge mit der rechten Liebe einte, gab er zuweilen seiner satirischen Laune in Behandlung auch dieser Angelegenheiten nach, wovon gleichfalls Kotzebue ein Beispiel anführt. Dieser hatte einst eines dummen Knabenstreichs sich schuldig gemacht, und seine Mutter, um ihn nicht selbst strafen zu

müssen, ihm ein Uriasbriefchen an Musäus mitgegeben, mit
dem Ersuchen, ihn zu züchtigen. Er las, hielt dem Muth=
willigen ganz kaltblütig sein Vergehen vor und befahl, ihm
aus dem Holzstalle einen Stock zu holen. Der Stock wurde
gebracht; es war ein Wellenknüppel, etwas krumm gewach=
sen. Der Executor besah ihn lächelnd, nahm den Abzu=
strafenden beim Arme, gab ihm einige Hiebe und bat ihn
dabei sehr höflich um Verzeihung: daß der Stock krumm
wäre. „Dieser Spott", bemerkt Kotzebue dazu, „that mir
weher, als die härteste Züchtigung. Ich habe es nie ver=
gessen; viele Jahre nachher erinnerte ich ihn daran, und
wir haben herzlich darüber gelacht. Indessen (giebt er sehr
richtig zu beherzigen) muß ich doch gestehen und Musäus
gestand es selbst, daß diese Manier keinem Erzieher anzu=
rathen ist. Sie erzeugt so leicht Erbitterung, und wirklich
war auch mehrere Wochen etwas dem Aehnliches in meinem
Herzen; aber ich hatte mich schon zu sehr gewöhnt, ihn zu
lieben; ein freundliches Wort von ihm, das meine kleinen
Talente aufmunterte, ein Lob aus seinem Munde, und alles
war vergessen."

Nicht genug aber kann sein Schüler es rühmen, welchen
wohlthätigen Einfluß, mehr noch als die Schullectionen, der
Privatunterricht auf ihn gehabt habe, dessen er bei Musäus
genossen. Dort, sagt er, war es nur auf Geistesbildung
angesehen, hier lernte ich sein gutes Herz kennen, seine
häuslichen Tugenden lieben, sein vortreffliches Muster nach=
ahmen. Täglich wuchs meine zärtliche Achtung für ihn, ob
er gleich zuweilen sehr strenge gegen mich war. —

Das Glück dieses in sich selbst — nur nie mit sich
selbst — zufriedenen, seltenen Menschen, der es sich im
festesten Wohnsitze, im Herzen gebauet hatte, erhielt durch
seine Verbindung mit einer edlen Frauennatur: Elisabetha

Magdalena Juliane Krüger, des ersten Stadtraths=Käm=
merers und Kaufmanns Johann Anton Krüger in Wolfen=
büttel einzigen Tochter zweiter Ehe, mit welcher er am
24. April 1770 im Hause des Oberconsistorial=Assessors
Schultze zu Weimar copulirt wurde, die volle Ergänzung
und Weihe; und nun gestaltete sich ihm der häusliche Herd
zum Tempel der süßesten und reinsten Freuden. — Wie
hochbeglückt er sich im Besitze seiner Gattin wußte, bekunden
unter Anderem die von inniger Seelenwonne überfließenden
Gedichte, womit er sie an ihrem jedesmaligen Wiegenfeste
begrüßte, und deren mehrere sein Biograph Kotzebue uns
aufbewahrt hat⁹).

Die Ehe war mit zwei Söhnen gesegnet, deren jüngerer
(August) schon im Kindesalter, der ältere (Karl) im Jahr
1831 als kaiserl. russischer Kollegienrath und Ritter des
Wladimirordens starb, nachdem er aus Rußland in seine
Heimath zurückgekehrt war. — Die hinterlassene Familie
desselben lebt zur Zeit noch in Weimar.

Die mancherlei schönen Züge des menschenfreundlichen
Sinnes, der Musäus auszeichnete, die vielen vorhandenen
Zeugnisse der großen Popularität, deren er sich zu erfreuen
hatte, weil er Mensch unter Menschen zu sein verstand, über=
gehen wir hier, so augenfällige Thatsachen zur Charakte=
ristik des Ehrenmannes in ihnen auch immer vorliegen. Sie
machen es, um es kurz und mit seines genannten Lebens=
beschreibers Worten auszudrücken, hinlänglich glaubhaft, daß
„er sich in Aller Herzen stahl und man nur den Professor
Musäus zu nennen brauchte, wenn man ein freundliches
Gesicht sehen wollte.‟ Sie rufen mit Macht Goethe's Aus=
spruch uns zurück: „Es ist uns allen eine Kur, um einen

2*

Menschen zu sein, der in der Häuslichkeit der Liebe lebt
und strebt, der an dem, was er wirkt, Genuß im Wirken
hat, und seine Freunde mit unglaublicher Aufmerksamkeit
trägt, nährt, leitet und erfreut."

Wie wenig man (er erzählt in seinen kleinen Schriften
selber davon, wie wir weiter unten hören werden) an seiner
etwas nachlässigen, sonderbaren Außenseite Anstoß nahm,
hat zu registriren Kotzebue ebenfalls nicht vergessen. So
meldet er, wie Musäus immer und immer in seinem grauen
Rocke und seiner runden, übel genug frisirten Locke einher=
gegangen sei und seiner Frau, die er gern geputzt sah, einen
großen Gefallen zu erzeigen gewöhnt habe, wenn er einmal
ein neues Kleid anzog, welches sie ihm heimlich hatte machen
lassen; wie er kleine Reisen zu Fuß nach Gotha, wo ihm
eine Schwester, Namens Juliane, verehelichte Irmel, wohnte,
und nach Jena, seiner Geburtsstadt, gethan und dann
immer mit einem Regenschirm ausgerüstet gewesen sei, den
er, nach Beschaffenheit der Umstände, gegen Sonnenstrahlen
und Regen nützte oder, wenn der Wind ihm in's Gesicht
blies, vor den Leib hielt; wie er dabei mit aufgeknöpfter
Weste gegangen sei, seinen Rock und einige Wäsche an einem
Stocke auf der Schulter getragen habe, unbekümmert, ob
man ihn in diesem Aufzuge für einen Handwerksburschen nehmen
werde. Einmal band er ein in Gotha für seinen Knaben
gekauftes Steckenpferd, da er auf dem Rückwege nicht recht
wußte, wie er es fortbringen sollte, auch noch an seinem
Stocke fest und zog, so abenteuerlich herausstaffirt, durch die
Thore von Weimar. Ja, man erblickte ihn, nach dem Be=
richte anderer Augenzeugen, dann und wann, wie er seine
Kleinen im Kinderwagen, dessen Deichsel er mittelst eines
Gurtes sich angebunden hatte, da ihn Gartenwerkzeug und
dergl., was er an der Hand oder im Arme trug, am Ge=

brauch der ersteren hinderte, nach seinem Grundstück fuhr; oder wie er, mit einer Gartenleiter auf der Achsel, und die Kaffeekanne vor sich hertragend, auch wohl mit einer Reisig= welle, um damit das Feuer im Ofen seines Gartenhauses zu entzünden, und Aehnlichem beschwert, jene langsam und bedächtig von seiner Wohnung am Ausgange der Seifen= gasse [10]) [in unmittelbarer Nähe des Parks] nach ihrem Be= stimmungsorte schaffte. — Das Alles that seinem Ansehen nicht im Geringsten Eintrag. Man achtete den von allem Dünkel und falschem Stolze freien, bürgerlichen Menschen darob nur um so höher und gewann ihn um so lieber.

Wir haben es, unserem Vorhaben gemäß, hier zumeist mit ihm als Schriftsteller und Dichter zu thun, und berühren beiläufig nur noch den Umstand, daß er sein her= vorragendes Talent als solcher nicht sehr früh vor den Augen des Publikums offenkundig machte, und ihm erst eigentlich die Noth Veranlassung wurde, aus der in ihm verborgenen Fundgrube, deren Mächtigkeit und Tiefe er viel= leicht selbst vorher am wenigsten gekannt hatte, seine besten Geistesprodukte zu schöpfen und an's Tageslicht gelangen zu lassen.

Seine kärglichen Einkünfte hatten ihn genöthigt, jungen Adeligen Privatunterricht zu ertheilen; ja, er hatte sich so= gar gezwungen gesehen, durch Gelegenheitsgedichte, die nicht eben glänzend honorirt wurden, seinen dürftigen ökonomischen Verhältnissen in etwas unter die Arme zu greifen. „Wie manches Mal" — referirt in dieser Beziehung Kotzebue — „habe ich den verdienstvollen und karg besol= deten Musäus wenige Tage vor dem Neujahrsfeste beschäftigt angetroffen, mitten unter dem Schnarren der Spinnräder und Kindergeschrei (denn nur Ein Zimmer faßte die ganze Familie) für den Küster der Stadtkirche zu Weimar ein Neujahrlied zu dichten, wofür ihm dieser einen Laubthaler bezahlte, es dann gedruckt sammt der Liste der Geborenen und Gestorbenen in Goldpapier binden ließ und den Leuten in die Häuser trug [11])." (Sollte dem Erzähler bei Abfassung seines Schauspiels „Der arme Poet" unser Dichter als Modell gesessen haben? Nahe genug hatte er's! Wenigstens treffen Armuth und rührende Herzensgüte, wie er sie an dem Helden seines Theaterstückes zeigt, in seltenem Vereine hier zusammen!) Wenn er nun, um nur einigermaßen standesgemäß leben zu können, in den ersten sechs oder acht Jahren seiner Ehe dazu greifen mußte, Kostgänger an seinen Tisch zu nehmen, zum größeren Theile junge Liefländer, die er außerdem mit der geistigen Speise seines Unterrichts bedachte, so geht aus dem Allen wohl hinlänglich hervor, daß die Fittige des Genius in ihm, vom Schulstaube stark gelähmt, nach allen Seiten hin sich gehemmt sahen, einen freien Aufschwung zu nehmen, wie sie dies allerdings schon in seinen jugendlichen Jahren mit nicht geringem Glücke versucht hatten. Und doch regten sie sich von Neuem kräftig genug in seiner Brust, so daß er endlich ihrem, durch den Anstoß von Außen verstärkten, unaufhaltsamen Aufstreben nachgeben mußte, er mochte wollen oder nicht.

Bereits während seines akademischen Aufenthalts in Jena hatte er sich in die dort begründete „deutsche Gesellschaft" als Mitglied aufnehmen lassen, die es sich, nach Gottsched's und Bodmer's Vorgange, in erster Linie zur Aufgabe stellte, die Reinheit unseres Idioms wieder herzustellen und festere Normen für dessen nationalere Entwickelung

und Durchbildung an die Hand zu geben, überhaupt aber
den Sinn für deutsche Literatur zu wecken, wozu insonders
die von einigen Mitgliedern der deutschen Gesellschaft in
Leipzig unter Gottsched's Aegide herausgegebenen „Beiträge
zur kritischen Historie der deutschen Sprache, Poesie und
Beredsamkeit" (32 Stücke, oder 8 Bände, Leipz. 1732—44)
das Ihrige thaten. Angefeuert durch diese Bestrebungen
der gelehrten Körperschaft, an denen er den eifrigsten An=
theil nahm, und somit auch vertrauter geworden mit den
neuesten Erscheinungen auf dem Gebiete der deutschen Lite=
ratur im Allgemeinen, hatte Musäus sich früh einen großen
Schatz literarisch=ästhetischer Kenntnisse gesammelt, den er
weiterhin auf das Angemessenste verwerthete. — Von seiner
Begabung zur Behandlung komischer Gegenstände zeugt schon
ein von ansprechender Laune durchwürztes Gedicht, das eine
Bauernhochzeit in dem eine Stunde von Jena gelegenen, mehr
noch durch seine Eierkuchen, als durch die auf seiner Berges=
höhe thronende Burgruine berühmten Dorfe Kunitz in origi=
nellen Knittelversen besingt[12]). Aus diesen, die Lachmuskeln
unwillkürlich in Bewegung setzenden Strophen läßt sich leicht
entnehmen, wie begründet es sein mag, wenn von unserem
Musäus ausgesagt wird, daß der kenntnißreiche Student,
der es nicht mehr für sündlich hielt, neben seinem Hollaz
und Quenstädt auch die genußreicheren poetischen und pro=
saischen Schriften unserer Sprache aus jener Zeit zu stu=
diren und für alles mühsame Studiren im Umgange mit
lustigen Freunden sich dann und wann schadlos zu halten,
ein heiterer, witziger Gesellschafter gewesen sei, der nicht
selten durch die drolligsten Einfälle seine Commilitonen unter=
hielt und um so willkommnere Aufnahme unter ihnen fand,
da sein poetisches Talent mit manchem lustigen Liede, das
er zum Besten gab, ihre Feste verherrlichte.

Die fortgesetzte Beschäftigung mit den schönen Wissen=
schaften, die bei dem damals allmälig anbrechenden Geistes=
frühling der deutschen Poesie auf eine empfängliche Natur,
wie die von Musäus war, eine bedeutende Anziehungskraft
ausüben mußte, wurde dem wacker vorgebildeten, mit nicht
gemeiner Beobachtungsgabe ausgestatteten jungen Manne
kurze Zeit nach seinem Eintritt in's bürgerliche Leben Ver=
anlassung und Reiz, sich selbst auf das Feld der schriftstel=
lerischen Thätigkeit zu wagen, und zog ihn dieser Drang
seines Geistes zu dem Genre der humoristischen Darstel=
lung hin.

Wie die Engländer, nach Lessing's Bemerkung, von je=
her so gern domestica facta auf ihre Bühne gebracht haben,
so waren sie auch die Hauptvertreter des sogen. Familien=
romans, und von ihnen aus hatte sich der Geschmack an
diesem, wie vor Allen Richardson ihn in seiner Pamela,
Clarissa und seinem Grandison der Welt vorgeführt, sich
auch in Deutschland zu verbreiten angefangen, und dies mit
um so augenscheinlicherem Erfolge, da eben unser volksthüm=
liches Element einen Hauptstützpunkt in dem Familienleben
findet, seine Grundwurzeln im Erdreich desselben hat. —
Litt doch unsere heimische Literatur in der gedachten Branche
an äußerster Armuth und Dürftigkeit, abgesehen von dem
Mangel an aller Originalität; und hätte sich unser Musäus
auch kein anderes Verdienst erworben, als das, geradehin
der Erste gewesen zu sein, der einen auf eigentlich deut=
schem Boden spielenden, selbstständigen Kern=Roman
lieferte, so würde schon das nicht gering anzuschlagen sein.
Vorher und noch bis dahin, wo Wieland seinen Agathon
brachte (1766 und 67), selbst noch auf länger hinaus, mußte

man sich an meist elenden Uebersetzungen ausländischer, mit
Vorliebe englischer Romane, auch selbst der mittelmäßigsten
Sorte begnügen. Und was unsere vaterländischen Hervor-
bringungen betrifft, so hatte Musäus Recht, wenn er in
einem kritischen Artikel ihnen nicht allzu viel „Witz" zuschrieb.
Was ihnen an Vorrath von Witz und Geist abging, suchten
die deutschen Romanschreiber noch bis in die Mitte des achtzehnten Jahrhunderts hinein durch einen übergroßen Doctri-
narismus zu ersetzen, den sie als einen Hauptbestandtheil
ihren voluminösen Machwerken einverleibten [13]), dergestalt,
daß dieselben füglich als eine wahre Niederlage von allem
nur erdenklichen gelehrten oder ungelehrten Kram aus allen
ersinnlichen Zweigen der Wissenschaft, oder von Gegenstän-
den des täglichen Lebens gelten konnten [14]). Zum größeren
Theile aber waren, ungerechnet diesen dem deutschen Charakter, wie es scheint, nun einmal nicht vollkommen abzu-
gewöhnenden doctrinären Hang, die Romane jener Zeit nichts
Anderes, als arme Nachpfuschereien fremder Produkte, so des
Joh. Timoth. Hermes „Geschichte der Miß Fanny Wilkes"
(1766), auf welche er „Sophieen's Reise von Memel nach
Sachsen" (1770) folgen ließ, die, trotz ihrer widerwärtigen
Breite und klugthuenden Miene, trotz ihrer formellen Schwer-
fälligkeit und ihres übermäßig didaktischen Inhaltes, etwas
besser, obschon immer noch dürftig genug, aber doch wenigstens nicht außer Landes verlegt war; — so Gellert's weit
älteres, sehr zahmes, sogar fades und charakterschwaches
„Leben der schwedischen Gräfin von G**" (1746), worin
er in Ton und Färbung sich Richardson's sechs Jahre vorher erschienenen moralischen Roman „Pamela" unverkennbar
zum Muster genommen hatte, ohne ihn auch nur von fern
zu erreichen, so gründlich er ihn studirt haben mag und für
einen so leidenschaftlichen Verehrer des Engländers er sich

auch giebt. Und sehr tief müssen die Eindrücke gewesen sein, die Richardson's Leistungen auf den weichmüthigen Mann gemacht haben; denn in stillen, entzückungsvollen Stunden haben sie seinem Auge Thränen süßer Herzenswonne entlockt. Weinte sich doch auch der schwärmerische Jüngling Wieland im siebenzehnten Jahre über die Clarissa die Augen fast blind, wie er denn noch in seinem höheren Alter zu den enthusiastischen Lobrednern Richardson's gehörte.

Solcher Thränenfluthen und Herzensweinereien hatten des Briten Romane viel bei uns hervorgerufen; wie denn diese und verwandte Symptome ganz von selbst an das Wertherfieber[18]) erinnern, das späterhin in Deutschland grassirte. Mancher vaterländische Kopf wurde durch den vergötterten Ausländer verdreht und einer forçirten Empfindsamkeit, einer Gefühlsekstase, bei und in welcher man sich für wunder wie geistig stark und charakterfest hielt, Thor und Thür geöffnet, Erscheinungen, die auf den geistigen Geschmack höchst nachtheilig wirkten, und dazu noch zu eitler Nachahmungssucht romanhafter Persönlichkeiten führten.

Musäus selbst läßt sich im Deutschen Grandison über diesen Punkt mit ironischen Seitenblicken also vernehmen: „Wie die beiden Extreme, Werther und Siegwart, nebst allen dazwischen liegenden Mittelstimmen des empfindsamen Akkords auf unsere gegenwärtige Generation gewirkt haben, wie sie die Schnellkraft der Seele gehoben, alle Nerven gespannt, die Sinne bezaubert, das Herz geschmolzen, die Thränendämme der Contenanz durchbrochen, Seufzer erpreßt, Leiden erschaffen und das Blut der Liebenden mit Drang inspissiret haben: eben so wirkten bei der nächstvorhergehenden diese ausländischen Droguen auf Geist und Herz, machten den nämlichen Eindruck auf die Gemüther und gaben der jungen beugsamen Welt einen gewissen Anstoß,

Schwung und Richtung, kurz, ein gewisses romantisches Hoch=
gefühl."

„Es gab eben so viele vaterländische Pamelen, Clarissen,
Lovelacen, Grandisons, als es jetzt Lotten, Werther, Sieg=
warte, Sondheime, Adolphe giebt, die so allesammt die
Malzeichen ihres Zeitgeschmacks trugen, wie die gegenwärtige
Zeitgenossenschaft die des unsrigen. Ton und Stimmung
war freilich anders; der ältere unterschied sich von dem
jüngeren ohngefähr so, wie der modus doricus und lydius;
wir sind wie bekannt aus der Dur in's Moll gefallen ꝛc."

Diese thörichten, überspannten Anbeter der Richard=
son'schen Helden und Heldinnen, diese Modeschwärmer selbst
für die schwächsten Seiten der Schilderungen desselben, hatte
Musäus ganz ausgesprochen im Auge, als er in seinem vier-
oder fünfundzwanzigsten Jahre das größere Erstlingswerk
seiner schriftstellerischen Beschäftigung, den Roman: „Gran=
dison der Zweite, oder Geschichte des Herrn von
N... in Briefen entworfen" (Eisenach 1760—62, drei
Theile) anonym vom Stapel laufen ließ. Das Buch erregte
sogleich bei seinem Bekanntwerden nicht geringe Aufmerksam=
keit, obwohl es an dem Fehler litt, daß die darin abge=
handelte Geschichte nur unvollständig zu Ende geführt war,
auch die vorherrschende Briefform nothwendig eine gewisse
Einseitigkeit mit sich brachte.

Im Ganzen richtig hat der mit der Chiffre: „B" unter=
zeichnete Recensent, unter welchem Thomas Abbt verborgen
war, im 314. der Briefe die neueste Literatur betreffend
(XXI. Thl. Berlin 1765) das Buch in seiner ersten noch
unvollkommenen Gestalt, auf welche inzwischen doch immer
das Wort Anwendung leidet:

satis est potuisse videri!

beurtheilt, den Vorzügen desselben Gerechtigkeit widerfahren

laſſen und die Mängel vorurtheilslos aufgedeckt. Er ver-
kennt nicht, daß der Verfaſſer den wahren Ton ſeines Werkes
etliche Male ausnehmend gut getroffen habe. Daß dies nicht
durchweg geſchehen ſei, ſchreibt er dem Umſtande zu, daß
der Verfaſſer, wie es vielen unſerer guten Köpfe gehe, in
einem Winkel irgend einer Provinz („etwa in Thüringen")
fern von kritiſchen Freunden ſchreibe und dadurch den Vor-
theil entbehren müſſe, ſeinen Werken die letzte Ausfeilung
angedeihen zu laſſen. „Mein Schriftſteller iſt aber," ſtellt
er gut heraus, „muthig genug, an Richardſon einige Fehler
zu ahnden, und ich weiß nicht, ob Sie es nicht unſerem
Landsmanne Dank wiſſen werden; denn Sie kennen ja unſer
deutſches Weſen. Verehren wir erſt einmal (rügt der Re-
cenſent) einen Schriftſteller, beſonders einen Ausländer, der
es aus hundert Gründen verdient, ſo unterſteht ſich faſt
Niemand mehr, den geringſten Fehler an ihm nur wahrzunehmen ꝛc. Wer darf es denn wagen, an einem
Richardſon 'was auszuſetzen? Man hat alſo bisher in
der Stille den Ekel ertragen, den ſeine Perſonen durch ihr
unaufhörliches und wechſelſeitiges in's Angeſicht-Loben nothwendig erregen müſſen ꝛc. Aus gleichem Grunde hat man
auch nichts gegen das Langweilige der beiden erſten Theile
eingewendet, die um zwei Drittel kürzer ſein könnten; nichts
gegen das verfehlte Hauptintereſſe des Romans, das ſich
auf Clementinen, und nicht auf Grandiſon lenkt und dieſen
jener gänzlich unterordnet; nichts gegen das Unwahrſchein-
liche der langen Briefe." Er hätte anhängen können: nichts
gegen die trockene Lehrhaftigkeit, gegen die Sucht eines vielfach ſehr platten, ſpießbürgerlichen Moraliſirens, nichts endlich gegen die entſetzliche Schlottrigkeit des Romanhelden. —
Einen der Hauptfehler, welcher auch von Anderen an dem
Muſäus'ſchen Romane getadelt wurde, daß er den Ton der

Gellert'schen Briefe noch zu sehr angeschlagen und festgehalten
habe (obgleich hinwiederunm der Beurtheiler in den Literaturbriefen den ganzen Briefwechsel, den der Magister mit
dem Grandison'schen Hause und besonders mit dem Dr. Bartlett anfängt, das Beste im Buche nennt), hat der Verfasser
in der zweiten Bearbeitung des Romans, die eine gründ-
liche Umänderung und Neugestaltung heißen kann, glücklich
beseitigt. Denn diejenigen Briefe, die er in das Ganze ver-
webte, haben mit dem nüchternen, einförmigen Style der
einst so berühmten Gellert'schen so wenig gemein, als ein
englischer Park mit einem französischen Garten, und der
Form, in welche Musäus die von ihm behandelte Geschichte eingekleidet, hat er in der veränderten Ausgabe so
viel Gefälliges und Fließendes verliehen, daß man wohl
damit zufrieden sein kann. Der Grundstock des Ganzen aber,
der Geist, der in ihm herrscht, trägt den Stempel der
Originalität und Kräftigkeit, und nicht in letzter Reihe den
der Menschenkenntniß so sehr an der Stirn, daß er
noch heute, wo wir die Periode der Grandison-Manie längst
hinter uns haben, um sein selbst willen zu fesseln und an-
genehm zu unterhalten geeignet ist. — Dem Schlusse seiner
Kritik setzt (um das noch zu erwähnen) der genannte Refe-
rent in den Literaturbriefen die Worte bei: „Genug, daß
ich Ihnen einen Schriftsteller kennen lehre, der bei dem
großen Mangel an guten deutschen prosaischen Schriften wenigstens einige Aufmunterung verdient, durch welche angefeuert er vielleicht künftig einmal etwas Auserlesenes in
dieser Art liefern kann", — ein Prognostikon, das vollständig eingetroffen ist.

Die bezeichnete Umarbeitung seines Romanes, welche er zunächst auf besonderes Ansuchen des Verlegers, der, wie Kotzebue sich ausdrückt, „nach Erscheinung der physiognomischen Reisen auch von dem wachsenden Ruhme ihres Verfassers Nutzen zu ziehen wünschte," gegen ein sehr bescheidenes Honorar veranstaltete, erschien unter dem Titel: „Der deutsche Grandison. Auch eine Familiengeschichte." 2 Bände. Eisenach 1781—82. Der Held der Geschichte (ein Don Quixote im Kleinen) ist ein alter, halbverwirrter Landjunker, Herr von Achten, genannt Neunhorn, Neuhorn, Neunohrn oder besser Neunurn, weil einer seiner Ahnen neun alte römische Urnen in einem Begräbnißhügel entdeckt haben wollte. Dieser Baron ist mit der Anlage, ein Genie zu werden, aus der Hand der Natur hervorgegangen, hat sich aber in der ersten Gluth dergestalt verworfen, daß die köstliche Masse sich dadurch in einen gemeinen Kochtopf verwandelt hat. Demungeachtet sind immer einige Spuren der ursprünglichen Form übrig geblieben: eine feurige, lebhafte Einbildungskraft, welche die seltsamsten Ideale sich realisirte, wonach der Junker oft etwas für Thatsache ausgab, die nirgends, als in seinem Gehirn existirte, ähnlich dem alten Baron in Immermann's „Münchhausen", der von der fixen Idee beherrscht wird, geborener Geheimerath im höchsten Kollegium seiner Provinz zu sein; — kurz, er ist mit einer gewissen Neigung zum Wunderbaren und Außerordentlichen behaftet. In der Jugend hat er Visionen gehabt, mit Engeln und Teufeln Zwiesprache gehalten, und hätte beinahe einen Hexenproceß veranlaßt; rühmte sich einer so feinen Nase, daß er durch den Geruch bei einem wildfremden Menschen nicht nur die Nation, sondern auch die Provinz, welcher er angehörte, zuverlässig bestimmte, was allerdings noch etwas mehr besagen will, als jener natürliche Instinkt

des alten Lügen-Münchhausen, der, bei Immermann, an seinem
Körper den ganzen Verlauf einer Krankheit spürte und denselben wörtlich voraussagte. Diese Prognostik des Herrn
v. Achten mißglückt freilich so oft, daß er unter dem Vor-
wande eines fortwährenden Schnupfens allen ferneren Proben
klüglich auswich. Er hat mehrere Feldzüge in Italien mit-
gemacht, aus denen er viele Abenteuer mit solch' martiali-
scher Lebhaftigkeit erzählt, daß den Zuhörern der Angst-
schweiß dabei ausbricht. Von seinen Schuljahren her ist er
zwar ein abgesagter Feind aller Lectüre; dennoch aber giebt
ihm Geschäftsscheu und Langeweile zu Zeiten einen Roman
in die Hand, den er alsbann nicht liest, sondern verschlingt
und vermöge seiner starken Phantasie sich in die Geschichte
so hineindenkt, daß er unvermerkt selbst der Held derselben
wird und überall seine Schicksale mit der Erzählung so über-
einstimmend findet, daß er seine eigenen Erlebnisse zu lesen
glaubt, was ihm nur mit Robinson Crusoe nicht in allen
Stücken glücken will, da er weder das Weltmeer gesehen,
noch von einem Schiffe einen deutlichen Begriff hat. Indeß
weiß sein romantischer Geist auch hier nothdürftigen Rath
zu schaffen.

Die zu Lebzeiten dieses Sonderlings neuen Richardson'schen Romane kommen als Winterabend-Lectüre bei ihm
auf die Tagesordnung und verfehlen nicht, ihren Zauber
auf ihn auszuüben, der sich als so gewaltig erweist, daß es
dem gestrengen Junker Rudolph Ehrhard v. Neunhorn vor-
behalten bleibt, von Allen, die mit ihm in gleichen Schran-
ken liefen, den Preis davon zu tragen und das angebliche
Meisterstück der Richardson'schen Musen (Grandison) durch
eine getreue Nachahmung so weit zu erreichen, als Copie
sich dem Original nähern kann. Sogar seine Gesichtszüge,
wie seine Worte und Ausbrücke, modelt er nach dem Ri-

charbson'schen Normal; selbst in Grandison's moralische
Fehler, z. B. seinen Jähzorn, studirt er sich geflissentlich
hinein, sucht sich zugleich aber auch (die einzige gute Folge
seines Nachahmungstriebes) das Fluchen und den Brannt=
wein abzugewöhnen. — Wie der Herr, so der Knecht! Der
Hauslehrer der Sohrau'schen Kinder, deren Vormund Herr
v. Neunhorn ist, ein sehr armseliger, aus der Halle'schen
frömmelnden Schule hervorgegangener Pädagog, unterstützt
seinen albernen Prinzipal in seiner Passion, und während
jener sich für einen Grandison hält, copirt dieser, mit Namen:
Wilibald Lampert (Magister Sancho) den Dr. Ambrosius
Bartlett in dem englischen Romane. In beiden diesen Nar=
ren aber hat der Autor die Narrheit der Zeit selber, in die
er ihr Leben verlegte, getreulich abgebildet. Die ganze
Neunhorn'sche Burg wird metamorphosirt; zunächst eine Bil=
bergallerie à la Grandisonhall, angelegt; ein Zimmer, mit
einer Orgel versehen, zur Hauskapelle eingerichtet, worin
Abends, nach Sir Carl's Beispiele, Betstunde gehalten wird,
gegen welches Vornehmen, als eine Winkelkirche, der Pastor
loci, Magister Wendelin, ein eifriger Orthodox, discursive
als einen Eingriff in seine geistlichen Gerechtsame gewaltig
eifert, ebenso der Schulmeister in Kargfeld, der sich gegen
die Zumuthung, die Orgel in der Schloßkirche zu schlagen,
entschieden verwahrt. Das Amüsanteste an dem Ganzen ist,
daß der Schloßherr und Ehren=Wilibald Lampert die ge=
sammte Grandison=Geschichte, wie Richardson sie darstellt,
für baare Wirklichkeit nehmen; sich um nähere Auskunft
über alle Familienverhältnisse ihres Idols bei dem in Lon=
don weilenden Junker v. Sohrau, ältestem Neffen und Mün=
del des alten Barons, schriftlich befragen, die dieser ihnen,
auf ihre Ideen eingehend, auch getreulich und zu beider=
seitiger Befriedigung beantwortet, wodurch der romantische

Sparren in beider Kopfe nur noch mehr wächst. So giebt denn unter Anderem der halbverrückte Onkel dem Neffen folgende Aufträge: „Merken Sie auf Alles, was in Sir Carl Grandison's Schlosse, an seinen Bedienten und vornehmlich an seiner Person merkwürdig ist. Ich weiß zwar einen großen Theil aus dem Buche; allein Spezialia, lieber Vetter, Spezialia will ich wissen. Verstehen Sie mich wohl? Z. E.: Hält er viele Jagdhunde? Was sind seine Jäger für Kerls? Wer spielt die Orgel, wenn Concert ist? Was macht die alte Frau Shirley? Ist der Lady G. ihr Meerkätzchen nun eine Meerkatze geworden? Lebt die alte possirliche Tante Lore noch? Von allen diesen Dingen hängt gegenwärtig viel ab. — — Meinen Gruß an Herrn Reves und Frau Reves, wie auch an den spaßhaften Onkel Selby. Den Mann möchte ich einmal hier bei mir haben, ich wollte ihn so zudecken, daß er den deutschen Himmel nicht erkennen sollte." Darauf schreibt der junge Sohrau unter Mehrerem zurück: „Ich bin nun mit der ganzen Familie Sir Carl's bekannt. Onkel Selby ist noch immer wie sonst. Er überlacht dreißig andere, wenn sie auch noch so große Lacher sind 2c. Tante Lore ist vor vier Jahren sehr ungern gestorben. Sie hat ihr Leben auf 70 Jahre 3 Monate und 6 Tage gebracht."

Unbeschreiblich belustigend sind ingleichen die vorhin angeführten Briefe des Magisters an Herrn Grandison Baronet und den Dr. Ambrosius Bartlett, so wie die des letzteren an jenen; nicht minder das Schreiben der Gemeinde Kargfeld an Grandison, worin sie an denselben die demüthige Bitte richtet: die hohe Obrigkeit seines Landes durch sein Fürwort dahin zu vermögen, daß für ihr armes Kirchdorf im ganzen Königreiche England, Schottland und Irland zur Anschaffung einer neuen Glocke an Stelle der durch vierzehntägiges, auf des Barons v. Neunhorn Befehl angeord-

netes Trauerläuten bei Gelegenheit des töbtlichen Hintritts
der Frau Shirley zersprungenen alten, eingesammelt und
an die petitionirende Gemeinde getreulich eingesendet werde.

Seine große Kunstfertigkeit in der Charakterzeichnung
hat unser Dichter auch an der alten unverheiratheten, mann=
süchtigen Schwester des Barons, der mageren, galligen
Kunigunde bewiesen, die man vor Augen zu haben glaubt.
Die Beschreibung der Anstalten, die sie trifft, um, nach
vielen fehlgeschlagenen anderen Versuchen, endlich in der
Person eines lebensgewandten Leipziger Magisters als In=
structors der Sohrau'schen Mündel eine Eroberung zu machen,
sich in ihrer Berechnung aber daburch betrogen sieht, daß
ihr Bruder in der Stille schon einen ausnahmsweise feisten
Hallenser engagirt hat, der jedoch schließlich Gnade vor ihren
Augen findet, ohne daß sie indeß reüssirt, verdient meister=
haft genannt zu werden; ganz so das Bild dieses hohlköpfi=
gen Ignoranten, einer servilen Seele. Daß übrigens der
Junker Rudolph v. Neunhorn wieder vernünftiger wird, ließ
sich erwarten. Wurde ja auch ein Don Quixote kurz vor
seinem Ende wieder geistig heil. Unvermerkt kehrt der Ba=
ron, da sein Enthusiasmus zu verkühlen begann, in's ge=
meine Menschenleben zurück. Die ersten sichtlichen Merkmale
seiner Krisis verkündigten sich dadurch, daß er kein neues
Grandisons=Pensum einstubirte, um damit zu debütiren. Aber
der ganze Apparat der Grandison'schen Decoration in seinem
Hause blieb, wie er war. Die späten Heirathspläne, mit
denen er sich eine Zeit lang getragen hat, und wobei Ma=
gister Lampert den unglücklichen Unterhändler gemacht, schei=
tern; er zieht sich aus Verbruß darüber von aller Gesell=
schaft zurück und lebt mit Freund Lampert in seiner Eremi=
tage in untrennbarer Einigung, obgleich beide in Ansehung
ihrer Körperform so wenig harmoniren, daß sie diametra=

lisch einander entgegengesetzt sind; der eine hat mehr, der andere weniger Körper, als zum Wohlbefinden nöthig. Der Junker tabescirte und verging wie ein Schatten; sein Busenfreund aber erstickte in seinem Fette, während die alte Kunigunde als Priorin der Vestalinnen des Kantons gestorben ist.

Das ist der einfache Grundriß der Fabel des Buches, welcher die geist- und lebenvolle Behandlung und Durchführung des Ganzen das volle Interesse verleiht. Die der Erzählung einverleibte fernerweite Familiengeschichte, welcher es natürlich auch an Liebes- und Heirathsepisoden nicht fehlt, ist mit derselben Ungesuchtheit, unverkennbaren Wahrheit und Uebersichtlichkeit, aber auch mit derselben Leichtigkeit und Sicherheit der Zeichnung nach Charakteren, Situationen und Begebenheiten, und die der ersteren mit derselben psychologisch-individualisirenden Klarheit und Entschiedenheit entworfen und ausgeführt, wie die der persönlichen Grundpfeiler derselben, reich überdem an frappanten, geistathmenden Betrachtungen und Bemerkungen. Eine der gelungensten Rollen darin spielt der Ortspfarrer, der oben erwähnte Wendelin, der den ganzen Grandison-Roman für ein ärgerliches und sittengefährliches Buch hält, auch allerlei Ketzereien darin wittert; neben ihm seine hochmüthige Ehegenossin, die ihren Mann gern als gelehrtes Licht glänzen sehen möchte, ihn aber vergeblich zu einem solchen zu machen sucht.

In seichterem Fahrwasser steuern zwei nachfolgende Kinder der Laune des Verfassers, die er selbst auch nicht besonders hochhielt; es sind dies die nach dem französischen Romane „La jardinière de Vincennes" bearbeitete dreiaktige komische Oper „Das Gärtnermädchen", welche

3 *

der Weimarische Kapellmeister C. W. Wolf in Musik setzte,
und „Die vier Stufen des menschlichen Alters",
ein Vorspiel mit Gesang. Ersteres theatralisches Werkchen,
welches an manchen Längen leidet und durch Zusammen-
ziehung in einen oder zwei Akte sicherlich gewonnen haben
würde, veröffentlichte er, um es wenigstens in seiner authen-
tischen Gestalt dem Publikum vorzuführen, lediglich aus
dem Grunde, weil ein Mitglied der Koch'schen Schauspieler-
gesellschaft in Leipzig, wo das Stück nach dem Manuscripte
des Dichters aufgeführt wurde, ohne Wissen desselben es
sehr verunstaltet in Berlin hatte drucken lassen. Zu ihrer
Zeit sind beide diese Arbeiten von der Bühne herab gut
aufgenommen worden, was sie weniger ihrer Erfindung, als
ihrem anschmiegenden Tone, ihrer Naturwahrheit, ihren
netten, einschmeichelnden Gesangstücken und ihrem fließenden
Dialoge zu verdanken hatten. Auch mag hauptsächlich des
talentvollen Komponisten brave Musik der genannten Oper
aufgeholfen haben.

––––––––

In die Zeit bis zu Musäus' abermaligem Auftreten
als Schriftsteller mit einem größeren Werke fällt eine Reihe
von Aufsätzen und Recensionen von ihm in der Allgemeinen
deutschen Bibliothek (gegründet 1765), vom zweiten Bande
an, in der Gotha'schen Gelehrten Zeitung, später auch in
der Pandora und einigen anderen Zeitschriften, Arbeiten,
die der Geistesschärfe und dem kritischen Urtheile ihres Verfassers alle Ehre machen. Als Recensent war er kein Leise-
treter. Ein Mann soliden geistigen Fonds, wie er ihn in
sich trug als angesammelten Schatz, dazu ein Mann guten
literarischen Gewissens, der unverrückt seine Feder der Förderung der reinen Zwecke der Kritik lieh, konnte er getrosten

Muthes sein Licht leuchten lassen vor den matten Lichtlein
so vieler seiner Mitkämpfer auf diesem Felde, auf welchem
Lessing so glänzende Bahn gebrochen hatte; und das that er
mit jener wissenschaftlichen Freimüthigkeit, welche das Schlechte
in seiner Nichtigkeit und Erbärmlichkeit, das Mittelmäßige
in seiner Schwäche und Haltlosigkeit darzustellen sich's zur
Aufgabe macht, überall aber auch das Gute, Rechte und
Aechte herauszufinden weiß. So ging er denn wacker an,
schonte nicht rechts noch links und half, um dem Tagesstrahle
eines reinen, unverdorbenen Geschmacks, der schon glücklich
einzubringen begonnen hatte, eine immer breitere Gasse zu
machen, seinerseits so manche Bresche in die Mauern schießen,
hinter welche die Plattheit der noch vielfach im Argen liegenden deutschen Kunst und Wissenschaft sich vergraben hatte.
Ihm war es bei diesen Arbeiten in der Hauptsache darum
zu thun, dem sentimentalen Kitzel, der in den Tagen, wo
er schrieb, in so vielen ästhetischen und Unterhaltungsschriften,
womit das Publikum überschwemmt wurde, sich noch üppig
breit machte, einige heilsame Dämpfer aufzusetzen, namentlich auch, so viel an ihm war, den in der Romanliteratur
eingebürgerten schwülstigen Pragmatismus zurückzuscheuchen.

In spaßhaft=übertreibenden Ausdrücken und in gemachter
komischer Entrüstung darüber, daß er das Herzeleid erlebt,
wie sein „verheutigter" Grandison unter dem „Romanpöbel"
versteckt bleibe, insofern zur Zeit keine gelehrte Zeitung dem
ersten Theile, der schon ein Jahr heraus war, die Ehre an=
gethan, seiner zu erwähnen, verkündet er[16]), daß er von
da ab seinen „Grimm an den Consorten aus der Romanisten=
Gilde auszulassen" nicht Anstand genommen[17]), und „dreißig
solcher Philister in der Allgemeinen Bibliothek mit dem kri=
tischen Eselskinnbacken in die Pfanne gehauen habe."

Gegen achtzehn Jahre hatte Musäus vorbeigehen lassen, ehe er sich entschloß, die Autorfeder wieder zu ergreifen. Er that dies, von einer einschlagenden literarischen Zeiterscheinung vermocht, in seinen „Physiognomischen Reisen, voran ein physiognomisch Tagebuch, Heftweise herausgegeben". (Altenburg 1778—79. Vier Hefte; in dritter Auflage und auf's Neue übersehen und gebessert 1781.)

Wie der deutsche Grandison, so erschien auch dieses Werk nicht unter seines Verfassers Namen, der indeß der Welt nicht lange ein Geheimniß bleiben sollte.

Unstreitig auch war es ein gar glücklicher Gedanke, die Schwächen der Lavater'schen, laut und breit genug sich ankündigenden Physiognomik[18]), vor welchen ein großer Theil der durch dieses Buch des berühmten Mannes überraschten und in Staunen gesetzten Welt die Augen verschloß, in jener Manier, die unserem Musäus in ganz einzigem Grade eignete, und mit jener geistblitzenden, nie bitteren und verbissenen Satire, worin er Meister ist, an das Tageslicht zu ziehen; die in der Regel allzu kühnen Annahmen, auf welchen des Schweizers Lehren beruhen, mit dem subtilsten Spotte des ruhigen, vorurtheilsfreien Betrachters und logisch-consequenten Denkers in ihrer Grundlosigkeit und Unberechtigtheit dem unumwölkten Blicke zu zeigen und somit das Seinige zu thun, dem ganzen, wenn schon äußerst blendenden und mit allen möglichen Strebepfeilern des Scharfsinnes gestützten Baue den Boden unter den Füßen hinwegzunehmen, den „Phantaseikram" über den Haufen zu werfen.

Diese Operation vollzog er einfach und vor allen Dingen durch den von ihm geführten stringenten Beweis, daß die Grundlage der physiognomischen Kunst Lavater's lediglich in dessen individuellem Gefühle zu suchen sei, und man sich durch die nicht selten im Tone orakelhafter Göttersprüche vorgebrachten Sätze, worin er die Geheimnisse der Menschengesichtskunde zu veroffenbaren sich das Ansehen gab, diese sogar zur unumstößlichen Wissenschaft zu erheben die Miene annahm, nicht müsse irren lassen [19]).

Der schnelle Erfolg, von welchem das Lavater'sche Werk — für das selbst Goethe sich anfangs interessirte, ja, in gewissem Betrachte an seiner Herausgabe Theil nahm [20]), — zu sagen wußte, erklärt sich zum guten Theil aus dem Umstande, daß es der Zeitrichtung und =Forderung entgegenkam, nach welcher das junge Dichtergeschlecht auf ein Zurückgehen zur reinen Natur und auf das Studium des Menschenherzens als Quell und Grundbedingung ächter Dichterwerke drang. Menschenkenntniß nun zu lehren, hatte Lavater sich anheischig gemacht, war aber an der Pforte, an den Außenwerken des Menschengebäudes stehen geblieben, und glaubte von da aus das ganze Innere mit seinen Behältern, Kammern und Winkeln überschauen und in sie eindringen zu können. Aber auch Menschenliebe, als „natürliche Folge", sollte durch seine Deduktionen befördert werden; er wollte, wie er selbst im 2. Theile der „Fragmente" S. 4 sich ausdrückt, „das Gefühl der Menschenwürde, Freude an der Menschheit, Anschaubarkeit Gottes im Menschen, Offenbarung eines neuen unerschöpflichen Quells der Menschenfreude" hervorrufen und beleben. Und da die Zeitperiode, in welcher er mit seinem Werke hervortrat, die der stark ausgesprochenen, liebeseligen Sentimentalität war, die für Menschenvortrefflichkeit im Allgemeinen schwärmte, ohne daß man über dem Objekte das Subjekt, d. h. sein eigenes liebes Ich, vergaß, ihm vielmehr seine eigenthümliche, häufig sehr hoch gesteigerte Geltung und Würde bewahrt wissen wollte, selbst es zu hätscheln nicht unterließ: so konnte es in den davon berührten Kreisen um

so sicherer auf begeisterte Aufnahme rechnen[21]). Wesentlich
die von dem Urheber des Systems, wie vorhin gedacht, ausdrücklich hervorgehobenen, von ihm als die Grundmauern
desselben hingestellten Punkte: Menschenkenntniß und Menschenliebe, sind es, auf die Musäus seine Angriffe richtet,
und deren vielfach mangelhafte und kränkliche Seiten blos-
zulegen er in seinen „Reisen", wie bei gegebenem Anlaß
anstreifend auch anderwärts (so in den Volksmährchen), nicht
unterläßt.

Bekanntlich hatte er an Lichtenberg, der in seiner
Abhandlung: Ueber Physiognomik wider die Physiognomen,
die ihn mit Lavater's erklärtem Verehrer und Kämpen, Ritter v. Zimmermann, in eine heftige literarische Fehde ver-
wickelte, einen treuen Verbündeten. Denn auch dieser, der
Physiognomik selbst nicht abhold, hatte auf das Unhaltbare
und Flache der Lavater'schen Lehre hingewiesen, sie mit dia-
lektischer Schärfe insonders von Seiten ihrer vorgegebenen
Wissenschaftlichkeit bestritten und, wie Musäus in seinem
Buche es bezeichnet, „sich unterfangen, dem Publikum das
geliebte Spielwerk wie ein strenger Pädagog seinen Eleven
die Geige, Trommel oder Pfennigtrompete aus der Hand
zu nehmen und zu zertrümmern."

Nachdem wir aus Lavater's „Herzens-Erleichterungen"
(1784), worin er neben Anderem an die Leser und Käufer
seiner Schriften sein Herz ausschüttet, und jedem seine Aus-
lage für seine (Lavater's) Bücher wiederzuerstatten verspricht,
der sich damit „betrogen" glaubt, den merkwürdigen Passus
hervorgehoben haben, der sich auf die „Fragmente" bezieht,
und welcher also lautet: „Alles, was ich über Physiognomik
geschrieben, Großes oder Kleines, Deutsches oder Französi-

sches, ist schlechterdings nur für reiche Weltleute, begüterte
Gelehrte und Künstler, allezeit aber nur für gutmüthige,
feinfühlende, forschende Verehrer der Menschheit geschrieben.
Ich warne, so sehr ich warnen kann, daß nichts davon von
irgend einem nicht wohlbemittelten, nicht forschungsfähigen,
nicht gutherzigen Menschen gekauft werde" — nach dieser
Vorausschickung also folgen wir unserem auf Physiognomie
Reisenden, der, als ein wohlhabender Landwirth und Guts=
herr, wohl ein Recht an den Ankauf des Buches gehabt
hat, allewege auch sich als einen gutmüthigen, feinfühlenden,
forschenden Verehrer der Menschheit exhibirt, wenigstens auf
einigen seiner Hauptausflüge, und werden da vielem Aben=
teuerlichen begegnen. — Vorher schon hat er sich mit einigen
Freunden zusammengethan, mit denen er physiognomische
Verhandlungen anhebt, mit ihnen nach der Wahrheit sucht
und forscht, worauf er seine Beobachtungen fleißig zu Papier
bringt, wie sein Tagebuch des Mehreren besagt. Eine ge=
raume Zeit nun physiognomisirt er innerhalb seiner vier
Pfähle Alles durch, silhouettirt alle seine Freunde und Be=
kannten und wer ihm sonst noch vor's Korn kömmt, benebst
seinen Nachbarn und Guts=Unterthanen. Als er in seinem
Wissen sattelfest zu sein glaubt, tritt er denn, als der Erste,
der solch Unternehmen beginnt, seine Wanderung zu den
„Brüdern" an, um seinen physiognomischen Glauben zu
stärken und zu vergewissern, zu welchem Behufe er die über=
allhin zerstreueten Kunstgenossen ausgespürt hat. Seine Er=
lebnisse erzählt er denn nun in jener ernst=scherzhaften, sati=
risch=wohlmeinenden, sarkastisch=lächelnden Weise, wie sie fast
nur bei dem, der dem Reisenden seine Feder geliehen, unter
allen deutschen Schriftstellern anzutreffen ist. Seine nächste
Umgebung hat er aber schon tüchtig durchgespähet und ist
darum, wie gesagt, seiner Sache gewiß. An seinem Schäfer

Markus, einer grund=ehrlichen, auch von seinem Herrn bis=
her dafür gehaltenen Seele, findet er plötzlich eine Schand=
physiognomie, weil sie dem Rübgerodt[22]) in den Fragmen=
ten gleicht und schaudert von da ab vor ihm zurück, so oft
er ihm unter die Augen kommt, da er ihn eines Hammel=
diebstahls wegen, den doch der so arg Verkannte kurz dar=
auf entdeckt, in Verdacht hat. Welche kennzeichnende Persi=
flage der Physiognomik, wenn der Verfasser seinen Liebhaber
derselben sich also vernehmen läßt: „Nun sag mir einer, daß
Physiognomik nichts sei, und daß nicht alles zutreffe auf ein
Haar! All' meine Schöps, jeder seine vier Gulden unter
Brüdern werth, sind mir nicht so lieb, als daß der Markus
ein Dieb ist ꝛc. Spricht der Kunstmeister (Lavater) irgend=
wo: welcher reine, edle, fein gebaute, leicht reizbare Mensch
mit der zartesten Engelsseele hat nicht seine Teufelsaugen=
blicke, wo nichts als die Gelegenheit fehlt, zwei, drei un=
geheuere Laster in einer Stunde ihn begehen zu lassen. Die=
ser Satz, mein' ich, sei in der Physiognomik so unentbehr=
lich, als das dictum de omni et nullo in der Syllogistik.
Läßt sich derselbe ganz bequem also umkehren: welcher ver=
worfene, rohe, wilde Mensch voll zäher, nervenloser Un=
empfindlichkeit, hat nicht seine Engelsaugenblicke, wo er,
wenn sich die Gelegenheit dazu giebt, zwei, drei gute Hand=
lungen in einer Stunde begeht? So schließ' ich ex aequo,
und nun ist mir's kein Räthsel, warum der Markus mit
seinen Erbverbrüderten, den Hammeldieben nicht gemeine
Sache gemacht und noch ein Dutzend Schöpse dazu fortge=
trieben hat: nämlich seine Diebeskameraden verpaßten die
rechte Zeit, kamen angezogen, da der Kauz eben seinen En=
gelsaugenblick hatte — ja, da kamen sie freilich unrecht.
Meine Ausbeutung des Markusgesichts ist deshalb unwider=
ruflich; der Kerl taugt in der Wurzel nicht und wenn er sich

noch so ehrlich hielt; ja, wenn ihm ein Heiligenschein um
das Haupt flöß', so spräch ich doch, der Galgen sei ihm vor
die Stirn geschrieben. Denn daß mir sein Gesicht bei der
Wiederkehr von der Kneipschenk so gut und bieder vorkam,
beweist nichts für ihn, bestätigt nur die Wahrheit des gol=
denen Spruchs vom Tripus des Meisters, daß gerade vor
und nach einer edlen That, gerade vor oder unmittelbar
nach einer schändlichen That derselbe Mensch eine ganz andere
Physiognomie habe."

Umgekehrt geht's unserem eingefleischten Physiognomisten
mit einem Frauenzimmer, Namens Sophie, einer lüderlichen
Landläuferin und feilen Dirne, die er gleichsam hinter dem
Zaune seines Gartens aufgelesen hat, ihrer angenehmen Ge=
sichtsbildung und ihres anstelligen Betragens wegen für einen
Engel an Trefflichkeit der Seele hält, sie bei sich aufnimmt,
ja, nahe daran ist, ihr seine Hand anzutragen. Plötzlich
aber macht sich dieses „Dosengesicht", das „ohne Prätension
prätendirt" (Lavater'scher Ausdruck!), diese „Heva einer Un=
schuldswelt" unsichtbar und läßt sich im Gasthaus an der
Straße von einem irrenden Ritter, einem ihrer früheren
Galane, entführen. Dazu hat sie ihren Herrn und stillen
Anbeter gründlich bestohlen an Geld und Pretiosen. Trotz=
dem läßt dieser sich von ihrem Schattenprofil und einem
heuchlerischen lamentablen Entschuldigungsbriefe, den sie zu=
rückgelassen und worin sie ihm ihren bedenklichen Körperzu=
stand entdeckt, bethören und söhnt sich mit der „kleinen
Schlange", die ihm immer noch eine „Engelsseele" ist, wie=
der aus. Auch kann er sie nicht vergessen.

Die unternehmenden Ritte, die er nun auf dem Rücken
seines „Cimber" und in Begleitung seines Jägers und Kam=
merdieners Philipp antritt, verheißen des Ereignißvollen,
Sonderlichen und Ueberraschenden so Vieles, daß man nicht

anders, als mit der größten Spannung und Neugier ihm auf denselben nachziehen kann. Und sie halten im Ganzen Wort. Mit mancherlei Menschengesichtern und Charakteren und mit verschiedenen Lebenslagen machen sie uns vertraut. — Zuvörderst hält der Reisende in Leipzig an, in der Voraussetzung, daß dort Alles Physiognom sein müsse, vom Magnifikus an bis auf den Meßhelfer. Daher sondirt er in aller Frühe seinen Barbier über dieses Kapitel, befindet ihn aber bald als einen gewaltigen Idioten, der physiognomische Kunst mit physikalischen Künsten verwechselt, indem er ihm den Juden Philadelphia als einen großen Meister rühmt. Aus „Menschenliebe" will unser Reisender den Dummkopf zurechtweisen; dieser beharrt jedoch hartnäckig auf seinem Sinne und behauptet: beide Künste wären im Grunde eines, denn ihr Wesen bestehe in Täuschung der Sinne, obwohl sie in der Form von einander abweichen möchten.

Nach diesem fehlgeschlagenen Belehrungsversuche beginnt der Physiognomist die literarische Runde zu gehen, erst zu den Facultisten. Hier drischt er jedoch eitel leeres Stroh. Er lauert vergebens auf ein Wort aus der Fülle des Herzens, auf einen Blick, der Herzen zu Herzen reißt [33]), auf ein warmes sympathisches Gefühl. Alles eiskalt und todt um ihn her. Alldieweil denn die gelehrten Innungsverwandten seinen Erwartungen so schlecht entsprechen, setzt er seinen Stab weiter zu den unzünftigen Gelehrten, den Freikünstlern, Genies, Dichtern und Schöndenkern. Sogleich beim ersten, dem er zuspricht, wird er, als erfreulichen Anblick, einiger Abschattungen, mit einer in Kupfer gestochenen Einfassung an die Wand genagelt, ansichtig, während im Zimmer Alles in lyrischer Unordnung unter einander lag, so daß er nach der Physiognomie des Zimmers den Bewohner desselben für einen großen Dichter ansieht. Neue Täuschung!

Die übrigen Schöngeister und Poeten, so viele ihrer sind, thun ihm eben so wenig Genüge. Gleichwohl findet er in den meisten dieser gelehrten Werkstätten mehr oder weniger Silhouetten, allein nur von jungen galanten Frauenzimmern! Er kommt auf ein stark besuchtes Kaffeehaus. Außer einer einzigen fehlt es hier an auffallenden Gesichtsformen; diese eine aber zieht alle seine Aufmerksamkeit auf sich. Positiv kann er zwar dem stämmigen Manne am Ofen nicht beikommen, da das Gesicht der ganzen physiognomischen Kunst Hohn spricht; deswegen hält er sich an die negative Deutung. Nach ihr nimmt er den Gast für einen Poeten, weil, nach Maßgabe der Fragmente, der Mangel an festgezeichneten und scharfen, tiefliegenden Augen, an Augenbrauen von starken, gedrängten Haaren, scharf verbissenen Lippen, brauner, lederartiger, trockner, gleichgespannter Haut, an flachem Schädel, perpendikulärem Hinterhaupt, auf einen solchen mit Gewißheit schließen läßt. Und wen glaubt er vor sich zu haben? Keinen Geringeren, als Klopstock selbst, wenn schon er sich verwundert, wo der große Mann eben jetzt nach Leipzig auf ein Kaffeehaus, und noch dazu so einsylbig, „ohne das Gefolge von Legionarien und Trabanten, von Anstaunern und Bewunderern um sich her", solle gekommen sein. Diesen Schluß zieht er namentlich auch aus dem rothen plüschsammetnen Rocke, den der von ihm Beobachtete trug und aus der lederfarbenen Weste und dito Unterkleidern; nicht minder aus seinen Bewegungen und Mienen, aus denen ein gewisses Gefühl des Uebergewichts über den Haufen der übrigen Anwesenden hervorblickte; eben so aus der sonderbaren Art, wie er die Tabakspfeife in die Höhe hielt, sie über seinem Kopfe schwang und aus den Dampfwolken, die er aus ihr hervorblies, — Alles à la Klopstock. Zu seinem Leidwesen sieht sich der Reisende abermals betrogen;

denn es stellt sich heraus, daß er bloß den „Nachtwächter
der gelehrten Republik," einen gewissen Magister Wabbel,
für den Consul angesehen. Seine hohe Meinung von dem
Eingange und der gründlichen Würdigung, die Lavater's
Lehre in Leipzig gefunden, wird vollends herabgestimmt, als
er von demselben Magister Wabbel vernimmt, daß die Frag=
mente daselbst blos ein Waarenartikel seien, und höchstens
bei gewissen Damen als Modeartikel einigermaßen in An=
sehen ständen. Die Entrüstung des Touristen darüber, daß
die Physiognomik für Weiber geschrieben sein und blos zur
Unterhaltung müssiger Köpfe dienen solle, jagt ihn aus
Leipzig. In Meißen studirt er die Gastwirthsphysiognomieen
und kommt seiner Sophie wieder auf die Spur. Im Erz=
gebirge, wo er im Edelhofe eines Dorfes einspricht und da
eine tugendsame Wittwe nebenst einigen Kostfräuleins, unter
ihnen einen jungen Officier, antrifft, wird die ihm unglaub=
lich erschienene Wahrheit von der Physiognomik als Weiber=
wissenschaft ihm halb und halb zur Gewißheit; denn die
Frau v. Bohn ist eine leidenschaftliche Physiognomistin und
hat die Gewohnheit, die Gesichtsforschung nach Tische und
nicht anders zu behandeln, wie ihr biblisches Schatzkästlein
in der Morgenstunde: als eine Modesache. Wie weit sie es
darin gebracht, zeigt nebenbei die Thatsache, daß sie die im
dritten Versuch der Fragmente, Revision S. 28, enthaltene
Abbildung des Claus Narr für einen Dei von Algier ange=
sehen hat. Ein Fußgänger, der ihm im Erzgebirge aufstößt,
und der sich für einen Physiognomen von der „strengen Obser=
vanz" ausgiebt, sucht ihm vergeblich den Staar über die
Lavater'sche Kunst zu stechen, so beredt er sich darüber aus=
läßt: daß Lavater auf falsche Grundsätze baue, dem Gefühls=
blick Alles glaube und ihn zum Richter seiner physiognomi=
schen Urtheile mache, ohne zu bedenken, daß dieser immer

das Echo der Stimme des Herzens ist. Anstatt durch das Vehiculum des Verstandes und geprüfter Erfahrung die physiognomische Kunst zur Ausgeburt zu befördern (argumentirt der Fremde), wählte er hierzu Gefühle desselben Herzens, das seinen Verstand so oft betrogen hat. Nach diesem sind alle seine physiognomischen Regeln, Bemerkungen und Urtheile gemodelt. Alle sind durch die Form des ihm eigenen typus perceptionum gegangen, und daher auf einerlei Art abgerundet wie die Graupen 2c. Welcher Menschenspäher kann denn auch mit Lavater Schritt halten, wenn der gutherzige Mann versichert, daß kein Mensch in der Welt sich vor seiner Gesichtsdeutung zu fürchten habe? Was ist das anders gesagt, als daß er vor Allem nach der Liebe, und nicht nach der Strenge, die die Wahrheit fordert, urtheilen, Narben und Flecken übersehen, dagegen jeden günstigen Zug ausheben, durch möglichst günstige Deutung auffrischen und, so viel an ihm sei, zum Gegenstande der Menschenliebe qualificiren wolle! Auf den Einwurf unseres Reisenden, daß die Beförderung der Menschenliebe ja der Physiognomik vornehmster Endzweck sei, erwidert der Gegner: Das ist eben das πρῶτον ψεῦδος der Lavaterianer, mit welchem das gute Herz den Verstand betrügt. Das ist das Einseitige Ihrer Kunst, daß sie Alles auf Menschenliebe reduciren will. — Das Spaßhafteste oder, zutreffender, Ernsthafte bei der ganzen Sache besteht darin, daß jener Anti-Lavaterianer Physiognomist ist, um aus dieser Kunst das gerade Gegentheil: Menschenhaß zu lernen, den er indeß schon vorher hinlänglich eingesogen hat; denn es ist dieser Menschenfeind kein anderer, als der durch jene Sophie schmählich betrogene Ehemann derselben, welchem die Menschen, voran seine vorgeblichen Gönner und Patrone, arg mitgespielt haben.

Mit unübertrefflicher Ergötzlichkeit ist die Schilderung gehalten, wo der Reisende einen seiner Freunde, den Beamten Spörtler zu Geroldsheim, als den Phönix aller physiognomischen Richter in Franken beschreibt, der alle in seiner Gerichtspflege verdächtigen und deßhalb eingefangenen Individuen ihrer Physiognomieen wegen für ausgemachte Verbrecher hält, in seiner Haft sogar den Züricher Weinvergifter zu haben glaubt[24]). Außerdem hat er sich ein physiognomisches, mit vielen hundert Schurkengesichts-Abbildungen ringsum austapezirtes Kabinet angelegt.

Die komischsten Betrachtungen stellt der Reisende weiterhin über den Lavater'schen Stirnmesser, seine Daumenabschattung, aus welcher das Inwendige des Menschen zu errathen sei, und über die physiognomische Zahntheorie und Aehnliches an, wie es im vierten Bande S. 50 ff. der „Fragmente" vorliegt. Dieser vierte und letzte Band fängt inmittelst mehr und mehr an, den Reisenden stutzig zu machen und abzukühlen. Denn ihm kömmt es vor, als sei der Meister darin von seinem Lehrstuhl herabgestiegen und habe sich wieder auf die Lernbank gesetzt[25]). Am Ende, wo man vermuthen sollte, daß der physiognomische Vielwisser alle Zweifelsknoten würde gelöst haben, weiß er weit weniger, als im ersten Theile[26]). Hier ist des Warnens, daß man seinem Gefühle nicht vertrauen und an der Gewißheit physiognomischer Urtheile zweifeln solle, kein Ende. „Das heißt doch", ruft der wankend gemachte Schüler aus, „im Grunde zurückgelernt[27]). Und was soll endlich der Lehrjünger bei sich gedenken, wenn er seinen Meister bei Vollendung seines Meisterwerks mit schweizerischer Ehrlichkeit, die recht aus dem Innern des Herzens vorquillt, über dasselbe ausrufen hört: „„O Eitelkeit der Eitelkeiten! Alles ist eitel!"" Das ist wahrlich keine sonderliche Empfehlung für's Studium!"

Das „koſtbare" phyſiognomiſche Opus hat ihm, dem Jünger, nachdem es beendigt worden, vollkommen die Phyſiognomie des babyloniſchen Thurmes, oder der Falconet'ſchen Reiter= ſtatue Peter's des Großen, welcher der Kopf des Reiters und des Pferdes fehlte. Seinem phyſiognomiſchen Glauben wird aber der Todesſtoße verſetzt, als dem Reiſenden zwei edelmüthig ſcheinende Handlungen einiger notoriſch ſchlechten Subjekte, an die er geräth, ſich eben in Rauch und Dunſt auflöſen. So gelangt er denn endlich zur Erkenntniß, daß unter allen Kunſtgenoſſen keiner mit dem Studium der Men= ſchenkenntniß ſo weit linker Hand gekommen, als er, und faßt nun den ernſtlichen Vorſatz, dieſes Studium „ganz dem Geſetz zuwider zu betreiben, welches der weiſe Lavater ſeinen Jüngern auferlegt, und wozu der weiſe Muhamed die ſeini= gen gleichfalls verband: wenig zu ſchwatzen, viel zu ſchauen und nicht zu disputiren; ſondern, nach der Methode einiger unſerer angeſehenſten Kirchenlehrer, viel vom Metier zu ſchwatzen, Alles zu beſchauen, darüber fleißig zu disputiren und nichts davon zu glauben!" —

Wie viel des Geiſtreichen, unterſchieden Ausgeprägten nach Gehalt und Form bieten nicht auch (um nur Einiges noch aus dem Ganzen hervorzuheben) die Betrachtungen des Verfaſſers über das Thema: Lichtgenie, Kraftgenie und Kniff= genie, und woran ein jedes zu erkennen ſei; über die Stim= mung, in welcher man phyſiognomiſire, und ſeine Digreſſio= nen über Lavater's Muthmaßung, daß die Engel im Him= mel das Studium der Geſichtskunde gleichfalls und mit beſ= ſerem Erfolg betreiben, als die Erdbewohner; über die Bienenlehre des Meiſters, wonach derſelbe aus einem ge= ſchorenen Bienenweiſel eine Grundlinie zur allgemeinen Königs= phyſiognomie abnehmen will, und dergleichen mehr [28]).

Den erſten Gedanken zur Bearbeitung ſeines Stoffes

4

und Herausgabe des Buches — giebt der Tourist zu erkennen — habe ihm der kindliche Wunsch des „herzguten Lavater" gegeben (wie er ihn im vierten Bande der Fragmente ausspricht), daß ein physiognomisch Tagebuch für Reisende geschrieben würde; aber von keinem anderen, als einem „geübten Reiser". Eine andere ihm zusagende, schmeichelhafte Idee für ihn war, nach seinem Geständniß, die auf Seite 179 jenes letzten Theiles der Fragmente von dem Meister ausgegangene: eine Physiognomik des Lachens zu schreiben, welche das interessanteste Lehrbuch der Menschenkenntniß würde heißen können. — Und dazu hat der lose Schalk, unser prächtiger Musäus, seinen Beitrag redlich und ehrlich geliefert; weswegen er auch die Lacher unbedingt auf seiner Seite hatte und haben wird.

————

Das in Vorstehendem Gegebene sind, wie erklärlich, nur einige schwach angedeutete Inhalts=Umrisse des Vieles bietenden klassischen Buches, in welchem noch so manche andere bedeutsame Materien, die Literatur berührende Zeitfragen (in dem Kapitel: über den zeitigen Reichsfuß des Münz= und Literaturwesens) u. s. w. mit gleicher Schärfe und Klarheit und mit derselben Gediegenheit abgehandelt werden, wie es mit dem Hauptgegenstand desselben geschehen ist.

Ob denn nun aber dieses an sich unzweifelhaft genialste und tiefste Erzeugniß eines hochgebildeten Geistes, eines mit sich selbst überall einigen Denkers und eines beneidenswerthen, seltenen Humors gar keine Mängel und Fehler hat? — O, gewiß! Es ist so wenig davon entblößt, wie irgend ein Menschenwerk von solchen sich frei weiß.

Der Grundfehler desselben ist aber in zwei Punkten

zu suchen, die sofort in die Augen springen. Einmal
darin, daß der Verfasser es versäumt hat, was doch so nahe
lag, in die gewaltigen Bestrebungen der geistig so außer-
ordentlich bewegten Zeit, in die sein Leben noch fiel, und
die sich in gewissem Betrachte an Lavater's physiognomische
Lehren anlehnten, von ihnen zum Theil ausgingen und durch
sie mitbedingt waren, sich hinein zu versetzen und seinen
Reisenden, um zunächst physiognomische Studien zu machen,
an die noch andere sich ungesucht hätten anknüpfen können,
die vorzüglichsten Stationen der Anfänge und Fortleitung
des kraftgenialischen Dranges der jungen Dichtergeneration
jener Tage besuchen zu lassen. Welch' farbiges Bild konnte
davon entworfen werden! Und von welchem Gewichte wäre
für seine Zeit das Buch geworden und würde es in vielen
Stücken weit mehr noch heute sein, hätte er seine Leser mit
den Häuptern und vornehmsten Vertretern der betreffenden
Literaturepoche zusammengebracht! Welche Veranlassung, die
Porträts dieser Männer zu zeichnen, sowie auch die Eindrücke zu schildern, die jene Bewegung auf das davon berührte Publikum hervorbrachte! — Der andere Mangel,
woran das Werk leidet, und der als noch erheblicher hervortritt, liegt in dem Umstande, daß es, recht betrachtet,
nicht zum befriedigenden Abschluß gediehen ist, oder, wie
man will, geographisch zu rasch und kurz, zu mager ab-
schließt, obgleich der Reisende wohlbehalten und an vielen
Erfahrungen reicher in seine Heimath zurückkehrt. Nur in
einen verhältnißmäßig sehr kleinen Bezirk des deutschen Vater-
landes hat er sich verstiegen, und konnte demnach unmöglich
ein allgemeineres, umfassenderes Bild physiognomischer Beobachtungen und Erlebnisse in sich aufnehmen und mitbringen.
Den Gesichtskreis hat er ferner dadurch sich selbst verengt,
daß er den Blick zu wenig auf ganze Klassen von Menschen

4*

gerichtet, daß er nicht gewisse Kategorieen sich gebildet hat,
denen er so Vieles hätte einordnen, in ihnen so Manches
unterbringen mögen, was ihm und uns die Ueberschau des
Ganzen wesentlich erleichtert haben würde, und für das
Einzelne erweiterte Gesichtspunkte uns hätte gewinnen
lassen. Zu lange verweilt er in beschränkteren Cirkeln, bei
einzelnen Persönlichkeiten, so bei seinem Freunde Spörkler
in Franken, wo er freilich mit allerlei Volks, wenn auch
nicht immer der anziehendsten Qualität, in Berührung kömmt,
und aus dem Erzgebirge ist er nur durch das Mittel gewal-
tigster Enttäuschung zu vertreiben gewesen. — Wie anders
Lavater! Er seinerseits reißt uns vermittelst der Wünschel-
ruthe seines lebhaften Geistes, auf den stets ausgebreiteten
Flügeln seiner Phantasie, mit seinem sich uns gleichsam mit-
theilenden physiognomischen Heißhunger, der ihm der Schat-
tenbilder niemals genug zuführen kann[29], in seiner queck-
silberhaften Beweglichkeit und Unruhe, in Folge seiner außerordentlichen Receptivität um Vieles hurtiger mit sich fort,
versetzt uns auf einen ohne Vergleich ausgedehnteren Schauplatz, denn er schließt uns die Pforten fast aller Länder
Europa's auf, macht uns mit den Physiognomieen der meisten
Nationen dieses Welttheils vertraut und weiß davon das
Sonderbarste und Unglaublichste zu berichten. Die Fran-
zosen, die sich doch „die große Nation" zu nennen belieben,
weiß er „am wenigsten" zu charakterisiren. Sie sind, nach
ihm, nicht so groß gezeichnet, wie die Engländer, „und nicht
so kleinlich wie die Deutschen". Er erkennt sie meist an den
Zähnen und am Lachen; den Italiener an der Nase, dem
kleinen Auge und am vorstehenden Kinne; den Engländer
an der Stirn und den Augenbrauen; den Holländer an der
Rundung des Hauptes und an den weichen Haaren; den
Deutschen an den Furchen und Falten um die Augen und in

den Wangen; die Russen an den aufgeworfenen Nasen,
weißen oder schwarzen Haaren; die Schweizer weiß er im
Allgemeinen nicht in das Register der Nationalphysiognomieen
einzuthun, legt ihnen jedoch den Blick der Treuherzigkeit bei.
Quäker und Herrnhuter haben ihm „in aller Welt" lip=
penlosen Mund! (Fragment 64.) — Welche Anknüpfungs=
punkte humoristischen Kritisirens, Ventilirens und Reflec=
tirens würden für den Reisenden nächstdem Lavater's Wünsche
in Bezug auf eine Physiognomik für Patrioten, für Predi=
ger, Lehrer und Aerzte, für Richter, für Dichter, für Staats=
männer, für Herrschaften und Dienstboten, für Jünglinge
und Jungfrauen und Frauenzimmer, für Kaufleute, für Lie=
bende, Freundschaftsbedürftige, für Freunde, für Menschen=
freunde, für Gutherzige, für Argwöhnische, für Schwache
und Kranke ꝛc. ꝛc. (Fragm. 80) abgegeben haben! Welche
Kontrole hätte der scharfaufpassende Voyageur zu führen An=
laß gehabt über den von Lavater (37. Fragm.) aufgestellten
Unterschied zwischen **M u s i k e r** = und **M a l e r p h y s i o g n o =
m i e e n**, von welchen ersteren er, ohne entscheiden zu wollen,
da er „**s o w e n i g M u s i k e r k e n n e u n d g a r n i c h t d a s M i n =
d e s t e v o n M u s i k v e r s t e h e**", aussagt und festsetzt: „Schwe=
bender, unbestimmter, flüssiger, lockerer, wie es die Natur
der Empfindungsempfänglichkeit und der Empfindungsmit=
theilsamkeit zu erfordern scheint, sind **a l l e M u s i k e r g e s i c h t e r**,
als die der Maler ꝛc. Die Natur des **S c h w e b e n s**, des
beständigen Schwebens, das Wesentliche der Musik, läßt
nicht die ruhig=stätige, stehende Gesichtsform zu, die zur
Schöpfung einer **m o m e n t a n e n W e l t** nöthig ist. Ich darf
auf diesem Felde" — kömmt er bescheiden hinterdrein —
„**k e i n e n S c h r i t t w e i t e r t h u n**, weil ich nicht auf dem Eise
zu gehen gewohnt bin." — „Man sollte glauben (schließt er
seine Thesis), der Charakter des bildenden Künstlers sollte

in seinem Hauptsinne, dem Auge, und der physiognomische
Charakter des Tonkünstlers im Ohr sein. Die Ohren der
Virtuosen habe ich noch nicht zu untersuchen Gelegenheit ge-
habt, doch zwei unter dreien waren obenher sehr dünn und
beinahe ohne Rand. Menschenforscher! (ruft er nun voll En-
thusiasmus, aus) sammelt hierüber genaue Beobachtungen.
Fürsten! ihr könnet es den Menschenforschern erleichtern;
thut es, und ihr thut etwas Gutes!" — (Merkwürdige
Insinuation! Sonderbare Zumuthung an die Fürsten! Der
Verf.) Hätte der physiognomische Reisende sich einmal nach
Berlin verfügt, oder wo sonst der große König auf seinem
Roß oder dieses allein zu schauen war, so würde er auch
im Stande gewesen sein, uns zu sagen, ob das Pferd Friedrich's des Großen wirklich, wie Lavater behauptet (50. Fragm.),
eine „Königsphysiognomie" gehabt hat!

Wir wiederholen es: an Lavater mußte der lern- und
wißbegierige Reisende sich enger anschließen, ihm auf den
von ihm betretenen lang- und breitspurigen Pfaden strenger
nachfolgen, selbst mit Darangabe aller Opfer an Beschwerden,
an Zeit und Geld (das ihm leider viel zu bald ausgegangen
ist, wie er selbst andeutet), ja, mit dem Wagniß tausend-
facher Abenteuer und Gefahren. So würde er sich und uns
einen freieren Horizont eröffnet und es viel leichter gemacht
haben, unsere physiognomischen und noch manche andere
unserer Einsichten zu vermehren, als er es an die Hand
giebt. Durch dies Alles auch würde er seinem Buche nicht
nur einen universelleren Zuschnitt gegeben haben, ohne die
specielleren Seiten des Gegenstandes zu verkürzen; es würde
ihm nicht nur gelungen sein, das Ganze tiefer zu begründen,
es nicht blos zu einem genügenderen Ende zu führen, sondern
es auch in manchen Einzelheiten künstlerischer zu gestalten,
als von ihm geschehen ist.

Eines und das Andere, was etwa noch daran auszu-
setzen wäre, sind nur leichte Schatten, die über die Sonne
seiner Dichtung hinziehen. Weiß er doch auch da, wo er
(an sehr vereinzelten Stellen) sinnliche Bezüge durchschim-
mern läßt, dies mit einer von allem lüsternen Beigeschmack
freien Unbefangenheit, in so zarter Gewandung, so glimpf-
lich und manierlich zu thun, so leicht und schnell darüber
hinwegzuführen, daß man kein Arg haben kann.

Frische, die Brust erstärkende Morgenluft ist es zwar,
die in Darstellung und Gedankenausbruck uns auf den bunt-
abwechselnden Reisezügen anwehet. Nur kann Schreiber dieser Zeilen von der Meinung nicht loskommen, es erweise
der mit geistigem Proviant wohlversehene Wanderer sich mit-
unter etwas zu freigebig, um nicht zu sagen: verschwende-
risch mit dem an sich ganz reizenden Arabeskengeflecht seiner
originellen, stets passend angebrachten Gleichnisse, Allegorieen,
Bonmots, die ihm aus dem unversieglichen Quell seines
regen Geistes in überraschender Ausgiebigkeit zuströmen und
in einer gewissen Unrast, mitten in dem Sprudeln der hoch-
gehenden Springfluthen des ecksten Humors, des durchtrie-
bensten Schalkswesens, wobei ein Schlagwort das andere
drängt, auf- und niedertauchen. Folgeweise kommt er dabei
mit seinem Eingangs des Buches gethanen Geständniß und
gegebenen Versprechen einigermaßen in's Gedränge: seine
Worte und Reden alle säuberlich gesondert zu haben und sie
dem Leser fleißig zuzählen zu wollen, wie seine Mutter seli-
ger mit den Erbsen gethan, die sie in die Suppen kochte,
jegliche reif, mehlhaltig und sonderlich, auch keine zu viel
und keine zu wenig; — kurz, es ist ihm, wenn auch nur
in einigen Partieen seines Werkes, das Goethe'sche: „In der
Beschränkung zeigt sich erst der Meister!" mehr oder weniger
abhanden gekommen.

Etwas spärlicher vielleicht auch hätte der Schriftsteller mit Einmischung von Fremdwörtern in seine sonst so correkte, glatte Schreibart verfahren können.

Ein Recensent der physiognomischen Reisen im Deutschen Merkur 1779, I. S. 275 hat in Musäus' Buche eine „schnurrig sein wollende Schreibart à la Schubart" finden wollen, und selbst noch Hillebrand schreibt in seiner Deutschen Nationalliteratur Thl. 3 S. 56 dies auf Treu und Glauben nach!! — Besser kann jener armselige Kritikaster schwerlich abgefertigt werden, als Jean Paul (Vorschule der Aesthetik, 18. Band f. sämmtlichen Werke S. 153) in gerechtester Entrüstung und voll edlen Zornes in dem Ausrufe gethan: „Du Erbärmlicher, der du mich nach so vielen Jahren in einer zweiten Auflage noch ärgern kannst, weil ich leider dein dummes Wort zum Vortheile der Aesthetik Wort für Wort excerpirt aufbehalten! Und grasete neben diesem Erbärmlichen nicht ein Zwillingsbruder in der Allg. deutschen Bibliothek mit ähnlichen Schneidezähnen in Musäus' Blumenbeeten und jätete die Blumen aus, gerade des Mannes mit dem ächtdeutschen Humor ꝛc? Mehrere exempla sunt odiosa[30])".

⁎

Wohl läßt sich Musäus' Buch als eine in gewissem Sinne epochemachende That bezeichnen; denn keines mehr als dieses Werk hat, wie schon gedacht, die Lavater'schen hypergenialen physiognomischen Schwindeleien und Verstiegenheiten[31]) so klar und nackt aufgedeckt, keines ihnen eine so entschiedene Niederlage beigebracht, als eben die Musäus'sche schonungslose, und doch so delikate Auseinanderlegung derselben that[32]). Die Sicherheit und Leichtigkeit, das gleichsam Spielende, womit er seinen Stoff beherrscht, die, so zu

sagen, plastische Form, in welche er den Inhalt seiner Gedanken und Bemerkungen gegossen hat, lassen einen Meister
erkennen, der, wohlgerüstet, dem Gegner Schritt für Schritt
das Terrain streitig macht, mit unwiderstehlicher Hand alle
Pallisaden hinweggeräumt, hinter die dieser in seiner logi-
schen Ohnmacht sich verschanzt hat, ihm in alle Schlupf-
winkel, in die er sich verkriecht, unerbittlich folgt, ihm den
Harnisch abnimmt und den angemaßten Herrscherstab in
feinster Polemik, mit ritterlicher Galanterie lächelnd aus den
Händen windet. Das Alles geschieht wie von selbst sich
machend, und das, was zu jener Zeit gewiß Viele, welchen das rein Subjective und Schwankende, das Willkür-
liche und Unmotivirte der Lavater'schen, ob immer gutge-
meinten, von Geist und Herz zeugenden Lehre ³³) einleuchtete,
gefühlt haben, hat Musäus verständlich, gründlich und in
gutem Zusammenhange ausgesprochen. Und das gerade
ist das Charakteristische aller epochemachenden Werke, daß
sie, nach dem zutreffenden Ausdruck eines geistvollen Kri-
tikers (C. Schwarz in Gotha), „wie die reife Frucht ab-
fallen vom Baume der Erkenntniß.‟

Wie hoch unser Dichter Lavater'n als Mensch und
tüchtigen Kopf schätzte, geht aus dem persönlichen Zu-
sammentreffen mit dem Züricher hervor, das ihm in Weimar
wurde. Er selbst erzählt diesen interessanten Vorgang mit
den Worten ³⁴): „Vormittags halb zehn Uhr (20. Juli 1786)
wurde ich durch den Goethe'schen Bedienten aus der Schule
abgerufen, der mir vermeldete, daß Herr Lavater aus der
Schweiz und Herr v. Goethe vor dem Garten stünden, um
mich zu besuchen. Ich eilte alsbald hinauf und fand sie im
Hause. Herr v. Goethe stellte mir Herrn Lavater vor, der

wenig und sehr schweizerisch sprach, daß ich ihn anfangs nicht
recht verstand. Er präsentirte mir ein Büchlein in kl. Octav,
wie ein Collectaneen=Buch, worin er seine Bekanntschaften
auf der Reise ihre Namen verzeichnen ließ. Ich schrieb
hinein: Mein Herz strebt Dir entgegen voll reiner Liebe.
Schrieb's zum Andenken J. C. A. Musäus, und als ich ihn
in den Garten zurückbrachte, sagte ich, ich bäte mir seiner=
seits wieder aus, wonach ganz Bremen verlangt hätte: einen
Druck seiner freundschaftlichen Hand. Vor dem Garten im
Weggehen begegneten uns meine liebe Frau und der kleine
Gustel (August, sein jüngerer Sohn), die ich ihm vorstellte.
Er küßte das Kind und legte ihm die Hand auf den Kopf.
Ich begleitete beide Herren bis auf die Brücke, wo mich
Herr L. zweimal küßte und sagte, daß er in ein paar Stun=
den von hier abgehen würde, und sich von mir verab=
schiedete."

Allerdings ist der Gegenstand, worüber unser Verfasser
sich verbreitete, alt und die geräuschvolle Behandlung des=
selben durch seinen einstigen Apostel und Vertreter dem
Hauptinhalte nach abgethan, denn die Lavater'schen Formen
und Formeln haben sich im Allgemeinen ausgelebt; nicht so
aber die Sache an sich, — wir meinen: Drang, Sucht
und Reiz des Physiognomisirens unter den Menschen.
Denn immer noch pflegt man, selbst unvorsätzlich, unbewußt,
man möchte es instinctiv nennen, dieser heiteren Kunst im
ernsten Leben, wobei so ziemlich ein Jeder sich seine eigenen
Regeln und Maximen abstrahirt und sich gern einredet, bei
seinem Verfahren, in der Hauptsache wenigstens, sicher zu
gehen, im Hintergrunde der Seele wohl auch jenes Hoch=
gefühl des Faust'schen Famulus bei Goethe hegt und nährt:

> — — — Es ist ein groß Ergötzen,
> Sich in den Geist der Zeiten zu versetzen,
> Zu schauen, wie vor uns ein weiser Mann gedacht,
> Und wie wir's dann zuletzt so herrlich weit gebracht.

Musäus selbst aber hat durch die Bedeutung seiner Schrift dafür gesorgt, daß sie der Vergessenheit entrissen bleibe und immer mit Ehren genannt werde, um so mehr, da dieselbe Allen, denen der Hang, Physiognomik zu treiben, im Blute sitzt, als Lehr= und Handbuch für ihr Studium ersprießliche Dienste leisten kann, inmaßen solche sie vor tausend Fehlern sicher stellen wird, die so leicht dabei begangen werden, und andererseits gar praktische Fingerzeige ertheilt, um des rechten Weges doch wenigstens nicht ganz zu verfehlen.

Sein berühmtestes Werk, die „Volksmährchen der Deutschen" (welche in neuerer Zeit auch in einer gut illustrirten Prachtausgabe vorliegen) ist in Jedermanns Händen. Und wer zählt die Herzen, die in Stunden glücklichen Selbstvergessens sich dem Genusse hingaben, den die Beschäftigung mit diesen holdseligen Schöpfungen einer heiteren Phantasie ihnen bereitet; wer die Spaziergänger alle, die in diesem lauschigen Mährchenwalde lustwandelten, auf dem einladenden, schwellenden Teppich seines immergrünen Rasens behaglich ausruhten und den Duft seiner Blüthen= und Blumenkelche begierig in sich zogen! Haben sie in solchen Momenten nicht die Wahrheit des Goethe'schen Wortes:

> Mährchen, noch so wunderbar,
> Dichterkünste machen's wahr,

an sich auch durch ihren Musäus erfahren?

Die Kritik, dieser ernste, strenge, oft kalte Wanderer durch die Auen der Kunst und Wissenschaft, hat gerade diesem seinem populärsten, geistig freiesten Erzeugnisse die meisten Vorwürfe gemacht, worunter derjenige, daß der Mährchenton darin nicht ganz und überall getroffen sei (doch man lese nur, und in reichen Partieen wird man ihn ganz vollendet getroffen finden!), wohl als der begründetste gelten darf. — Es lag auch, wie sich das ergiebt, gar nicht in der Absicht des Erzählers, seinen phantastischen Geschichten jenen specifischen Ton und Charakter und jene Form zu verleihen, die das eigentliche Mährchen erfordert, und worin die berühmten Leistungen von Goethe, Tieck, Novalis, die weltbekannten Arbeiten der Gebrüder Grimm, auch Bech-stein's und Anderer gehalten sind. Man könnte des Ver-fassers Darstellungen (die, wie Hillebrand richtig urtheilt, bei der höheren Form, wodurch sie sich vor den meisten ähnlichen Produkten jener Zeit auszeichnen, ein besonderes Verdienst ansprechen können) füglicher und angemessener Mährchen-Novellen nennen; denn zu solchen hat er sie, wie aus Allem hervorgeht, angelegt und ausgesponnen. Es sind breite, dann und wann sogar sehr breite, der mun-tersten Laune freies Spiel lassende Ausgestaltungen, die wir in ihnen vor uns haben, in welchen bald das epische, bald das lyrische Element vorwaltet, immer aber schimmernd im Farbenschmelze einer wunderbar thätigen, gehobenen Phan-tasie. Wie ächt psychologisch und menschlich wahr, wie warm und lebenvoll die Charakterzeichnung aller der zahlreichen, kaleidoskopisch unserem Blicke vorgeführten Per-sonen, die er verwendet hat! Man betrachte die jenes lebens-lustigen Grafen in den Büchern der Chronika der drei Schwestern, dem alle seine Töchter feil sind; die Gestalt der eitelen, von Neid und Eifersucht glühenden, intriguanten Richilde und deren Gegenbildes, der sittlich reinen Blanca; die des gefallsüchtigen, bethörten Grafen Gombald; des listigen Leibarztes der Richilde, Sambul; die Figuren der drei Knappen Roland's, wohl die kernhafteste, anheimelndste, am raschesten fortschreitende aller dieser Erzählungen, und die Schilderung der sinnlichen, raubsüchtigen, Königin Urraca von Suprarbien, desgleichen ihres gastronomischen Gemahls Garsias. Wie reizvoll geben sich die Rübezahl-Legenden mit ihren gehaltreichen, dem Leben abgelauschten Personen bei-derlei Geschlechts und von allerlei Ständen; die letzte der-selben das Kabinetstück des ganzen Cyklus! Wie naturgetreu in dem Mährchen: Die Nymphe des Brunnens gehalten der handfeste Wackermann Uhlfinger, diese Blume der faust- und kolbengerechten Ritterschaft, neben ihm die züchtige Mathilde und ihr mannhafter Liebhaber Konrad von Schwabeck; nicht minder die leisende Schließerin Gertrud! Und wie angefüllt mit bestverwerthetem, kräftig und sorgsam gestaltetem Per-sonal die vielleicht gründlichste und ausgefeilteste sämmtlicher dieser Gaben: Libussa, die sich im Uebrigen noch durch ihre eingehenden volksthümlichen Zeichnungen, ihr topographisches Colorit und durch die treue Auseinandersetzung der politi-schen Zustände des Böhmenreichs hervorthut! Mit welcher Wahrheit ist in: Der geraubte Schleier die truglose, ehr-liche und doch kluge und pfiffige Schwabennatur des Fried-bert hingestellt! Als ganz und gar aus dem Leben gegriffen macht sich in dem Geschichtchen: Liebestreue das schwache Herz der schwärmerischen, und doch von der Sinnlichkeit gänzlich hingenommenen Gräfin von Hallermünd, Jutta, so-wie ihres Buhlen, des lüsternen Irwin, bemerkbar. Das romantischste aller dieser fabulosen, im Wiederschein einer fruchtbaren Einbildungskraft schillernden Gebilde: Stumme Liebe — wie strotzend von den creatürlichsten, gegenständ-lichsten Männern und Frauen, wie sie das volle Menschen-leben bietet: der mit Gesundheit und frohem Jugendsinn

von der Natur freigebig bedachte, daneben aber nichts weniger als im Rufe besonderen Scharfsinnes stehende Franz
von Bremen, und seine Angebetete, die züchtige, sittsame
Meta; deren betriebsame, auf einen reichen Freiersmann für
ihre Tochter bedachte Mutter Brigitta; der aufgeblasene
Hopfenkönig; der ehrenfeste, seine Gäste auf eine seltsame
Probe setzende westphälische Ritter Eberhard von Bronkhorst;
der schlaue Wirth von Rummelsburg; der Stelzfuß auf der
Weserbrücke u. s. w. Wie richtig ist ferner der Charakter
der stolzen Lukrezia, die Liebesempfindelei und das Schwer-
muthsgefühl des Grafen Ulrich mit dem Bühel, und mit
welch' realistischer Derbheit dagegen der seines Nebenbuhlers,
des rein prosaischen, gemeinen Grafen Ruprecht von Kefern-
burg hervorgehoben! Welche treffende Züge ächt menschlicher
Besonderheit und des Wechsels der menschlichen Schicksale
findet man in: Dämon Amor an dem Bilde des Fürsten
Udo von der Insel Rügen, und welche stichhaltige Weisheits-
lehren legt der Erzähler dem Beherrscher der Bernstein-
küste, dem König Waidewuth in den Mund! Welchen belebten
Vorder- und Hintergrund, prangend im Lichte der verschie-
denartigsten Gruppen von Handelnden, voran den Grafen
selbst, seine Gemahlin, den Landgrafen Ludwig von Thüringen und die heilige Elisabeth, die liebesschmachtende orien-
talische Prinzessin, den erfinderischen, flinken Knappen des
Grafen, Kurt c. — verleiht er der Geschichte des Grafen
Ernst von Gleichen in Melechsala! Dasselbe gilt von der
höchst pikanten, ganz unübertrefflich vorgetragenen Geschichte:
Der Schatzgräber, worin sich das Talent des Verfassers, auf
dem Boden der reinen Sage das Gemälde menschlicher Herzen mit ihren Trieben, Neigungen, Begehrungen und Lei-
denschaften zu entfalten, glänzend bewährt. Dieser vom
wohlbestellten Garkoch in Rotenburg bis zum Brunnenmeister

und Lungerer herabgekommene, geduldige und sanftmüthige, bei alledem aber schlaue und unternehmende Peter Bloch nebst seiner bösen Sieben von Weibe, Vollbrecht's Ilsen; seiner schönen und braven Tochter Lucine und deren Gespons Frieblin; der silberbehaarte Schäfer Martin und wie sie noch alle heißen, auch die anderen Haupt= und Nebenpersonen dieses lustigen Schwanks: wie stehen sie in festen Umrissen sammt und sonders mit gesundestem Fleisch und Blut aus= gerüstet vor uns da, vollkommen geeignet, sich unserer un= geschwächten Theilnahme zu vergewissern! Ueber das Ganze dieser Mährchen aber, selbst über die unbedeutende Anekdote: Die Entführung, den Schlußpunkt des Werkes, ist der Hauch jener Poesie in Wiedergabe und Sprache verbreitet, welche dem Buche überhaupt ein unvergängliches Leben sichert. Denn gewiß: die letztere eben macht einen Hauptbestandtheil des Unverwüstlichen aus, was in Musäus' Sachen lebt; sie steht da in Jünglingsschönheit und Manneskräftigkeit, ein nicht zu fällender Eichbaum, woran unsere Enkel noch dieselbe Freude haben, an ihnen sich bilden werden, wie wir sie daran hatten und haben und uns daran bildeten und bilden. Sein Styl hat unverkennbar etwas von Wieland's: das Unverkünstelte, Ungesuchte, das Fließende, Reinliche und Graziöse dieses Schriftstellers, überragt ihn aber um Vieles an Männlichkeit, Energie, Schwung und Knappheit des Periodenbaues. Es klingt des Oeftern Luther'sche Kraft, Wucht und poetische Körnigkeit und viele Mal zur Sprüch= wortform sich zuspitzende (apophthegmatische) Kürze und Ge= brungenheit an, wodurch er häufig zum Lapidarstyl wird, und doch hat er wieder ungemein viel Durchsichtiges, Ele= gantes und Zierliches, im Bunde mit einer höchst kunstge= rechten, fast aalglatten Geschmeidigkeit und Vielgewandtheit im Gedankenausdrucke, die er durchblicken läßt.

Und noch eine Kunst, deren Musäus in hohem Grade
mächtig ist: selbst seine übersinnlichsten, geisterhaftesten Ge-
schöpfe rückt er, bei allem Zauberspuke, den er sie treiben
und um sie her schwirren läßt, uns dadurch näher, daß er,
ohne sie zu Zwitterwesen zu machen, ihnen doch immer eine
menschliche Seite abgewinnt, in irdischen Kreisen ihnen die
Rollen so zutheilt, daß man durch ihr Thun und Handeln
zu ihnen sich enger hingezogen, davon erwärmt fühlt. Aber
auch in diesen seinen so wunderbaren Mährchen ist er, wie
in den meisten seiner anderen Schriften, unendlich oft voll
Schäkerei und schäumenden Muthwillens, kraft deren er
sich in den die Brust lustig umspielenden Wellen seelischen
Wohlbehagens badet und jauchzend, neckisch darin plätschert.

Wie hat er ferner — ein wahrer deutscher Demokrit,
dem das ridendo dicere verum wie Einem zu Gebote steht
— in seinen Darreichungen es inne, die Gebrechen und
Thorheiten seiner Zeit im Großen und Kleinen, nach ihren
verschiedenen Erweisungen, mit scharfem Blicke aufzufinden,
in geistreich-richtiger Durchdringung zu enthüllen —, Dar-
bietungen, worin erheiternder Scherz und satirische Anspie-
lungen, aus denen allzumal wohlwollende Liebe strahlt, in
schöner Mischung hervortreten; ein Vorzug seiner Leistungen,
der nicht hoch genug anzuschlagen ist. Denn (was als eine
der Grundbedingungen des Wesens solcher Dichtungen gelten
muß, sollen sie nicht luftige, höheren Lebens und Strebens
bare Gaukelbilder sein) nicht lediglich auf angenehme mo-
mentane Unterhaltung, nicht auf bloße Kurzweil und gefälliges, vergnügliches Spiel kam es ihrem Dichter an: sie
hatten von Haus aus noch eine andere, edlere Sendung,
eine würdigere Bestimmung. Spiegelbilder des menschlichen
Lebens, des menschlichen Seins und Treibens sollten sie zugleich sein; sie sollten die Menschen in ihre eigenen Herzen

hineinführen, sie mit sich selbst vertrauter machen; die über
dem Leser ausgespannte Mährchenwelt sollte ihre Reflexe ver=
klärend und erhebend, läuternd und sittigend auf die gewöhn=
lichen Zustände des Erdendaseins, auf Geist und Gemüth
der sittlichen Schöpfung werfen; sie sollten, zum Gewinn
für sein inneres Glück, für den Frieden seiner Seele den
Erdbewohner das Leben freier und idealer, zufriedener und
getroster, leichter und froher betrachten und dahin nehmen
lehren, als es meistentheils von ihm geschieht. Und so wer=
den diese Gebilde eines lichtvollen Geistes und eines frommen
Herzens d u r c h   s i c h   s e l b s t ernst=freundliche L e h r e r und
F ü h r e r auf dem Wege durch's Leben.

So alt diese Mährchen sind (in ihrem ersten Gewande
erschienen sie in den Jahren 1782—87 in fünf Theilen und
haben bis auf die Gegenwart eine Reihe von Auflagen er=
lebt), so jung nehmen sie sich noch heute aus, so blühend,
so neu erscheinen sie, wie ewig duftende Blumen in einem
Zaubergarten, ihrem Inhalte und ihrer Einkleidung nach,
während der vielen Nachbildungen, die sie gefunden haben,
z. E. der von der Frau Naubert, noch wenig oder nicht
gedacht wird.

Das Wort, das Friedrich Jacobs, der neuere Her=
ausgeber dieser Volksmährchen, in der Vorrede dazu über sie
ausspricht, trifft ganz das Rechte, wenn es das Buch in
Hinsicht auf seine „Gestalt und Bildung" als ein Werk voll
Jugend und Anmuth kennzeichnet, dessen Stoff in dem eigen=
thümlichen Leben des Volks wurzele, und ein höchst w u n =
b e r b a r e s und u n s t e r b l i c h e s Leben habe, zugleich aber
auch durch die eigenthümliche, immer heitere und lebendige,
von Witz und Schalkheit übersprudelnde Darstellung eine

5

Frische der Farben besitze, die an die Werke der trefflichsten
niederländischen Coloristen erinnere. Und Wieland, welcher im Jahre 1803 nach dem Tode des Verfassers die zweite
Ausgabe besorgte und mit Anmerkungen versah, zählt sie
zu dem „Besten", was das letzte Viertel des achtzehnten
Jahrhunderts hervorgebracht habe, und rühmt sie als ein
Buch, das unter den Schriften, welche die Jugend mit Gewinn für Kopf und Herz lesen könne, seinen wohlverdienten
Platz nie verlieren werde, und daß seine Vorzüge durch
häufige Nachahmungen nur in ein helleres Licht gesetzt worden seien. — Nicht ohne Grund giebt Jacobs zu bedenken,
daß das Einzige, was den Volksmährchen vielleicht bei der
jetzt lebenden und lesenden Welt nachtheilig sein könne, die
zahlreichen Hinweisungen auf vergessene Schriften und auf
mancherlei literarische und andere Ereignisse seien, die, als
Musäus schrieb, hinlänglich bekannt, aber schon seinem
früheren Herausgeber, Wieland, halb entfallen waren und
dem heutigen Lesepublikum zuverlässig durchaus unbekannt
und unverständlich sind. Deshalb hält er es für erwünscht,
daß ein Commentator erstehen möge, der dem Bedürfnisse
einer Erklärung möglichst entgegenkomme.

Es ist indeß die hier hervorgehobene kleine, unvermeid-
liche Unebenheit bei Musäus nicht lediglich auf die Volksmährchen anwendbar, sie läßt sich mit demselben Rechte auch
auf seine anderen Schriften, so auf die „physiognomischen
Reisen" beziehen.

Noch verdient Beachtung die scherzend-gemüthliche
Erklärung unseres Volksmährchen-Dichters, die er in dem
Vorworte zur ersten Ausgabe des Werkes an den durch
einen ihn kennzeichnenden Chodowiecki'schen Kupferstich allge-
mein bekannt gewordenen Dr. Runkel, Küster an der Sebaldskirche in —, gleichsam dedikationsweise richtet, an ihn, dieses

originelle, komische Menschenwesen, welches er als fingirten
Repräsentanten des Publikums nimmt, das der Dedikator
vom Standpunkte seiner Autorschaft aus im Auge hatte und
sich daher mit ihm auseinandersetzt. Er redet dieses eigen-
artig gestaltete Individuum also an: „Er als ein spekula-
tiver Kopf und Menschenspäher hat sonder Zweifel längst
die Beobachtung gemacht, daß der menschliche Geist in seinem
unaufhörlichen Ringen und Streben nach Beschäftigung und
Unterhaltung ebenso wenig ein Kostverächter ist, als sein
Nachbar und Hausgenoß, der Magen, nach Nahrung und
Speise; daß aber der eine wie der andere zu Zeiten eine
Abwechselung begehrt, um Ekel und Ueberdruß zu vermeiden.
Ich traue Ihm so viel literärische Kenntniß zu, daß Er
weiß, wie die Aktien der dermaligen Modelektüre laufen; oder
wenn Ihm das Amt der Schlüssel an der St. Sebaldskirche,
wie das ein sehr möglicher Fall ist, an der Erweiterung
Seiner Erkenntniß sollte hinderlich gewesen sein: so will ich
Ihm nicht verhalten, daß in dem letzten Jahrzehnt die lei-
dige Sentimentalsucht in der modischen Büchermanufactur
dergestalt überhand genommen, daß der Sturm des Herz-
dranges der deutschen Scribenten mehr empfindsame Schriften
in's Publikum geweht hat, als ehedem der heiße Südwind
vom Schilfmeere her Wachteln in's israelitische Lager warf.
Daher denn eben nicht zu verwundern, wenn dem deutschen
Publikum eben so, wie vormals dem israelitischen, vor der
losen Speise ekelt und ersteres nach den Zeitbedürfnissen zur
Unterhaltung sich nach einer Abwechselung sehnt. Was ist
billiger und leichter, als diesen Wunsch zu vergnügen? Meiner unvorgreiflichen Meinung nach wär's wohl Zeit, die
Herzensgefühle eine Zeitlang ruhen zu lassen, das weiner-
liche Adagio der Empfindsamkeit zu endigen, und durch die
Zauberlaterne der Phantasie das ennuyirte Publikum eine

5 *

Zeitlang mit dem schönen Schattenspiele an der Wand zu unterhalten." — Das hat er denn seiner Seits, wie ein einsichtiger Arzt, der durch passende Heilmittel der geschwäch=ten Gesundheit seines Patienten wieder aufzuhelfen bedacht ist, durch eben diese Zauberspiele seiner Phantasie, in wel=chen doch so viel gesunden, stärkenden Markes als Antiboton gegen das Gift der geistentnervenden Empfindelei verborgen liegt, männiglich gethan, und seine Schuld ist's nicht ge=wesen, wenn davon nicht der beabsichtigte praktische Gebrauch gemacht worden ist.

· Wie bescheiden überdem Musäus von seinem Werke dachte, an welchem der spätere Herausgeber, Wieland, etwas Wesentliches zu ändern großes Bedenken hegte[35]), geht aus der Erklärung hervor, die er darüber in derselben Vorrede abgab, indem er, die Verdienste seiner Vorgänger um Pflege dieses Feldes der Literatur ausdrücklich hervorhebend, sich selber nur das zuschrieb, auf dem wieder angebaueten Boden der unterhaltenden Lectüre ein eigenes Stückchen Acker ein=gezäunt und unter den verschiedenen Gattungen von Mähr=chen das, auf dessen Cultur zeither noch kein Deutscher ver=fallen — „das Volksmährchen für's Volk, für Groß und Klein," bearbeitet zu haben. Als er den Gedanken faßte, diese recht eigentlich dem Munde des Volks entstam=menden Mährchen zu schreiben, versammelte er wirklich eine Menge alter Weiber mit ihren Spinnrädern um sich her, setzte sich in ihre Mitte und ließ sich von ihnen mit ekel=hafter Geschwätzigkeit vorplaudern, was er hernach so reizend nachplauderte. Auch Kinder rief er von der Straße herauf, wurde mit ihnen zum Kinde, ließ sich Mährchen erzählen, und bezahlte jede dieser Erzählungen mit einem Dreier. — Eines Abends kam seine Frau von einem Besuche zurück. Als sie die Thür des Zimmers öffnete, dampfte ihr eine

Wolke von schlechtem Tabak entgegen, und sie erblickte durch diesen Nebel ihren Mann am Ofen sitzend, neben einem alten Soldaten [36]), der sein kurzes Pfeifchen zwischen den Zähnen hielt, ein Glas Branntweins neben sich, tapfer d'rauf los schmauchte und ihm Mährchen erzählte [37]). — Er selber, Musäus, spricht sich über die Entstehung der Volksmährchen des Weiteren also aus [38]): „Die Feeereien scheinen wieder recht in Schwung zu kommen. Rector Voß und Amtmann Bürger vermodernisiren die tausend und eine Nacht um die Wette, selbst die Feeenmährchen sind in Jena wieder im Nürnbergischen Verlag von neuem gedruckt worden. Ich will mich an die Rotte hängen, und lasse von meiner Drehscheibe jetzt ein Machwerk dieser Art ablaufen, das den Titel führen wird: Volksmährchen, ein Lesebuch für große und kleine Kinder. Ich sammele dazu die trivialsten Ammenmährchen, die ich aufstutze und noch zehnmal wunderbarer mache, als sie ursprünglich sind. Davon hofft nun meine liebe Frau, daß es ein ganz lucrativer Artikel werden soll.“ —

Vollständig beendet hat er das Werk am sechsten October 1786, an dessen Abende er, wie er in seinem „Garten-Journal“ zu erkennen giebt, das Letzte vom Manuscript selbst auf die Post beförderte, nachdem er „sich die letzte Zeit mit der Arbeit sehr übernommen gehabt.“

———

Tiefen Ernst, eine wahrhaft fromme, christlich-religiöse Gesinnung, warme Herzenslaute wiedertönend und in sinniges Gewand gekleidet, athmet das zwei Jahre vor seinem Tode unter dem Namen J. R. Schellenberg herausgegebene Werk: „Freund Hein's Erscheinungen in Holbein's Manier. Winterthur bei Heinrich Steiner und Comp. 1785." [Mit Kupfern von demselben Schellenberg, den er auf dem Titel genannt hat.] Nicht leicht ist das große Mahnwort an den Menschen: Memento mori! allseitiger, beredter und eindringlicher, und zum Theil in so mild-beruhigender Ansprache ausgelegt worden, als in diesen Abschnitten geschehen — überhaupt keine der unscheinbarsten Blüthen im Dichterkranze ihres Verfassers. Ja, „Freund" Hein's Erscheinungen sind es, die in Wort und Bild dem Sterblichen sich darin ankündigen. Das Furchtgerippe (φοβερώτατον φοβερωτάτων bei Aristoteles) hat zwar der Illustrator überall nicht fehlen lassen, da es ja von der zur Bezeichnung des Todes unter uns gäng und gäben Vorstellung dieses Führers aus dem Erdenleben hinauf zu schöneren Welten nun einmal nicht mehr zu trennen ist. Allein der bescheidene „Dragoman" dieser Schildereien, der seinen Namen in solcher Eigenschaft nur hat errathen lassen, zeigt mit seltener Kunst und, was mehr ist, aus der ganzen Fülle seines Gemüthes heraus, daß ihm auch des Lebens Schattenseite und seine oft so fürchterlichen Wahrheiten zu verklären weiß, diesen „letzten Feind des Menschen", wie der Apostel Paulus den Tod benennt, zum guten Theil in jenem Lichte, in welchem das Düstere und Abschreckende desselben gemildert wird, was er schon durch die Wahl des Titels seiner Dichtung, deren einzelne Abschnitte er anderswo „Todtengesänge" (24 an der Zahl) nennt, und an die er am 28. Mai 1785 die letzte Hand gelegt, nachdem er am 26. die Vorrede dazu niedergeschrieben, hat bemerklich machen wollen.

Durchaus ist es der Zuruf an die Menschen jeden Alters und verschiedenster Berufs- und Lebensart, der sich in den bald ausführlicheren, bald zusammengefaßteren Darstellungen des Schilderers mahnend und warnend geltend macht, der

Zuruf: „Fliehet die Sicherheit! Wachet, denn ihr wisset nicht, welche Stunde der Herr kommen wird!"

Rührend ist's, wie der Verfasser in der Schlußbetrachtung sich selbst sammt dem Zeichner, trotzdem daß sie Beide des Sensenmannes allwaltender Macht volle Anerkennung gezollt und seine Rechte klärlich aus einander gesetzt haben, als Todescandidaten hinstellt, die umsonst den strengen Rufer noch eine Zeit lang von sich abzuhalten suchen, denn:

„Dem Unempfindsamen ist's weder Brauch noch Sitte,
Daß er Verdiensten Dispensation verleiht;
Denn in dem leeren Busen seiner Knochenhütte
Wohnt kein Gefühl der Dankbarkeit:
Sonst hätten wohl der Künstler und sein Cicerone
Verdienet, daß er sie mit seinem Amt verschone.
Auch sie geleitet er an der verdorrten Hand
In's finstre Thal, umarmet beide,
Und spricht mit der gewohnten Schadenfreude:
  Das Spiel ist aus, jetzt gilt das Pfand!
Wie nun, bin ich den Herren willkommen?
Habt traun mich weidlich durchgenommen
Mit Schimpf und Ernst! — Nun auch ein Wort an euch:
Hab' Auftrag, in mein Schattenreich
Die Herren beide zu introduciren."

Der Dichter entgegnet auf diese peremtorische Ankündigung:

„Wir hätten zwar noch mancherlei zu expediren;
Wärst du, Freund Hein, kein unerbittlicher Vezier,
So thätst du uns schon den Gefallen,
Und gingst für eine andre Thür;
Doch muß es sein, so folgen wir
Dir willig ohne Gram und böse Laune."

Der Künstler stimmt ein mit den Worten:

„Wohl wahr, man spricht vom Wolf und er steht hinter'm Zaune.
Wir sind am Ziel — verronnen ist der Sand, —
Und schließen, als Gehilfen und Konsorten,
Am Feierabend traulich Hand in Hand,
Um zu den schauervollen Pforten

Des Grabes mit einander einzugehn.
Also, mein Freund, auf Wiederfehn!"

Darauf fchließt der Dichter, das letzte Wort ergreifend,
alfo:

„Es fei! Wir müffen uns ergeben.
Nimm, Würger, nimm den Mottenraub für dich!
Nur unfer Kunftprodukt laß leben,
Und fahre mit uns fäuberlich!!" —

Und diefes Anliegen und Begehren ift nicht unerhört ge=
blieben! Es hat ihr Kunftprodukt die Urheber deffelben über=
lebt; denn Beider engvereinte Gaben find poetifche Thaten
zweier Meifter.

————

Das letzte von Mufäus felbft noch der Oeffentlichkeit
übergebene Produkt feiner literarifchen Wirkfamkeit, an deffen
Fortfetzung ihn der Tod hinderte, ift benannt „Strauß=
federn" (Erfter Band. Berlin und Stettin bei Friedrich
Nicolai. 1787). Er bietet darin Erzählungen einfachfter und
befcheidenfter Art, kleine, anfpruchslofe, am Wege aufge=
lefene, aber durch den Geift, die Behandlungsweife, durch
das hervorragende Erzählertalent des Sammlers und Auf=
bewahrers zu Etwas gemachte Gefchichten. Die Wahl des
fonderbaren Titels bafirt auf dem Umftande, daß er das
eine und andere obfcure Thema vergeffener Erzähler wieder
aufgegriffen hat und es nach feiner Individualität bear=
beitete, wie er dies felber zu erkennen giebt, wenn er fagt:
„Diefes Konvolut Erzählungen ift nichts anderes, als ein
Bund Straußfedern, die der Verfaffer aufgelefen, auf der
Jagd erbeutet, auch zum Theil, wie er nicht in Abrede fein
kann, da, wo fie gewachfen waren, zu feinem Behufe aus=
gezogen hat, um fie nach beftem Vermögen aufzufchmücken
und damit zu kokettiren, wie ein Mädchen mit ihrem Mode=

puß. Freund Hein" — fährt er in seinem „Präadvis" an
die Leser fort — „hat zuverlässig den sämmtlichen Autoren,
denen diese Erzählungen ursprünglich zugehören, bereits den
letzten Dienst erwiesen, sie insgesammt ausgebälgt und ihnen
ein ewiges Stillschweigen auferlegt; ihr Gefieder ist ein Spiel
der Winde worden, und dieser an keinen rechtmäßigen Erben
gediehene Nachlaß ist zum Theil schon durch die dritte Hand
gegangen, ehe der zeitige Redacteur desselben solchen in
Arbeit genommen hat ꝛc."

Schon aus der ganzen launigen Vorrede erkennt man
den Verfasser wieder, und so wenig, wie berührt, die kleinen vier Novellen durch Neuheit und Erfindung Wirkung
machen: durch die Lebendigkeit und Natürlichkeit der Sprache,
die Witz-Raketen, die auch aus ihnen emporsteigen, durch
die vielen ungewöhnlichen, immer aber natürlichen Ver-
gleichungen und Bilder, die er sprühen, sie wie einen Blü-
thenregen mit leichter und doch so kunstfertiger, sicherer
Hand rings um sich niederrauschen läßt — ein darin nicht
wieder erreichter Meister — erhält Alles, oder doch das
Meiste ein pulsirendes Leben.

Des Genievollen selbst dieser Musäus'schen Bagatellen
wird man am besten gewahr, wenn man die von dem Verfasser des Siegfried von Lindenberg (Johann Gottwerth
Müller) auf Veranlassung des Verlegers gelieferte Fortsetzung des Buches (2 Bände, die übrigen fünf Bände rühren
von unbekannten Verfassern her) vornimmt und vergleicht.
Abgestandenes Wasser gegen moussirenden Wein.

————— —————

Es war dem Autor nicht vergönnt, das zu einem neuen
Buche von ihm angesammelte Material noch selbst dem Publikum vorzuführen. Sein Freund Bertuch hat diesen lite-

rarischen Nachlaß geordnet und herausgegeben; wir meinen
das leider ein Torso gebliebene Werkchen „Moralische
Kinderklapper für Kinder und Nichtkinder. Nach
dem Französischen des Herrn Monget, von J. C. Musäus.“
Gotha, bei Karl Wilhelm Ettinger, 1788, neue Auflage
1794. Das Büchlein ist an Umfang sehr dünn; es befaßt
blos 111 Seiten. Allein die innere Stärke beweist sich
ebenfalls eines Musäus würdig; sie ist wieder und wieder
ein treuer Spiegel einer reinen Seele. So, wie er in dieser
seiner letzten Geistesspende noch gethan, konnte nur ein Mann
schreiben, auf welchen das Wort des göttlichen Heilandes
vollständige Anwendung leidet: „Werdet wie die Kinder!“ — Den im Jahre 1782 zu Paris erschienenen Hochets
moraux von Monget, so nett und ansprechend auch, hat
unser Verfasser den Stempel nicht blos deutscher Innigkeit,
sondern auch jenes wahren Kindessinnes aufgeprägt, der den
französischen, etwas geschwätzigen Sachen in dieser Maße
nicht eigen ist. Die Traulichkeit, die herzgewinnende Ansprache an jede für das Natürliche empfängliche Seele tritt in
allen den kleinen Erzählungen, die Musäus liefert, auf das
Unverkennbarste hervor und lehrt überzeugend, wie man zu
Kindern und von Kindern sprechen müsse, um des Eindrucks
auf ihr Gefühl und ihren Willen nicht zu verfehlen. Aber
auch den Großen erzählt er Manches, was sie sich merken
und zu Herzen nehmen können. Mit jenen wird der Verfasser „Kind und theilt ihr frohes Spiel“; diesen, den Er-
wachsenen, zeigt er, wie man es anfangen müsse, um sich
das unschätzbare Gut eines kindlichen Sinnes zu erwerben
und zu bewahren. Man lese unter Mehrerem daraus das
Histörchen „Dankbarkeit“, um sich von dem Gesagten zu
überzeugen.

Glaube sich Niemand zu alt oder dünke sich Keiner zu

vornehm und weise, als daß er seinen Blick auf diesem Büchlein ruhen lassen sollte! So manches Geschichtchen, manches
Verslein, das hier aufgespeichert liegt und das wir wohl
einst in wonnigen Stunden von Vater- und Mutterlippen,
still lauschend, begierig sogen, tritt uns wieder nahe, wird
uns in das romantische Land unserer Kindheit zurückversetzen
und uns auf Minuten vergessen machen, daß dies Jugend-
paradies uns schon lange entschwunden ist. —

Wie in „Freund Hein's Erscheinungen", so wechseln
auch in diesem Schriftchen, mit kaum oder nicht vermit-
teltem Uebergange, gebundene und ungebundene Rede, pro-
saische und poetische Bestandtheile ab, nach Art der sogenannten Satura Menippea der Alten [39]). Auch schon in
den Volksmährchen schlägt an mehreren Stellen, vorzüglich
an solchen, die einen belebteren Zuschnitt haben, wo Affecte
in's Spiel kommen und sich zur Exaltation versteigen, worin
tragikomische Elemente enthalten sind, oder die aus Geister-
munde tönen, die Prosa in's Versmaaß um. So läßt er
den gespenstigen Barbier in „Stumme Liebe" bei seinem Ver-
schwinden in wohlgesetzten Jamben reden; so auch den sonst
nicht sehr poetisch angethanen Franz Melchior, ingleichen die
Meta an der Stelle, wo die Eifersucht sie quält. So hilft
sich ebenfalls der durch Bär, Adler und Fisch in die Enge
getriebene Graf durch solche Jamben aus der Klemme.

Vollkommen läßt sich schließlich die Bemerkung des
Herausgebers dieses Büchleins unterschreiben: daß der et-
waige Mangel an Correctheit, den die kritelnde Kritik dieser sehr freien Behandlung des französischen Originals vor-
werfen könnte, durch ihre Naivetät, gefällige Laune, treue
Darstellung und Herzlichkeit reichlich genug ersetzt werde.

Viel zu wenig bekannt geworden sind Musäus' klei=
nere Aufsätze, von denen Kotzebue einen ganz hübschen
Strauß zusammengebunden hat. Auch in ihnen verleug=
net sich sein warmgemüthliches Wesen, seine glücklich or=
ganisirte geistige Natur nicht. Und dem elektrischen Strome
seines nie unthätigen Witzes, dem nie verglühenden Feuer
seiner Phantasie, dem Flusse seiner humoristischen Ader be=
gegnet man auch in diesen bescheidenen Kleinigkeiten, ja,
man kann wohl behaupten, daß in keiner seiner größeren
Arbeiten der ganze unverhüllte Mensch des Herzens so deut=
lich hervortrete, als in ihnen. Erblicken wir ihn doch da,
wie man zu sagen pflegt, im Hausrock! Man lese, um einen
Beleg dafür zu haben, beispielsweise seinen „Modischen Le=
benslauf eines unmodischen Weltbürgers", worin er über die
ihm zur anderen Natur gewordenen kleinen Nachlässigkeiten
und Freiheiten in seiner Bekleidung den muntersten Scherz
treibt; sich darüber in seiner und nur ihm so ganz zu Ge=
sicht stehenden Manier in seinem eigenen Namen durchnimmt,
und doch wieder, ob dieser ungewohnten salopen Tracht, auf
die ihm allmälig eingeräumten Licenzen seiner Ehefrau, in=
gleichen auf die stillschweigend ihm zuerkannte Nachsicht des
Publikums in liebenswerthester Harangue sich beruft.

Stoff zum Verwundern und zum Lachen liefern in
Ueberfluß „die lästigen Polizei=Anstalten für Spaziergänger",
wie Musäus sie auf einer Fußwanderung nach Coburg und
in der Nähe der Stadt antraf; — ein merkwürdiges Zeit=
bild, welches die engherzigste Handhabung des kleinlichen
Paßwesens jener Tage sattsam abspiegelt, und als Unter=
schrift und Notabene den wohlgemeinten Rath an Reisende
enthält: „ihr Stadtweichbild nicht ohne Reisepaß zu über=
schreiten," da es Fälle gebe, wo ein solches „Zweigroschen=
Creditiv mehr gilt, als der physiognomische Stempel eines

unverdächtigen Mannes, oder eines ehrlichen Gesichts —", und zugleich ein besonderes Wort der Warnung an den damaligen „renommirten Wanderer, den Marquis von St. A." (St. Aymar) einschließt[40]), wenn er anders den Spaziergang durch's heilige römische Reich annoch fortsetzen sollte, „seinen Weg nicht über Coburg zu nehmen."

Dieses Coburger Abenteuer stellte nach Goethe's Idee der Hofmaler Kraus auf einem Gemälde dar, worunter einige von Goethe verfaßte Verse angebracht waren. Mit demselben überraschte Musäus' Frau ihren Mann am 12. Mai 1786, nach seinem Bekenntnisse, „auf das Angenehmste".

Wie genau und lebhaft malt er in einem Berichte an seine Schwester in Gotha den weimarischen Schloßbrand (den 6. Mai 1774), wovon der Gesammtverlust auf 300,000 Thaler (darunter allein für 16,000 Thaler musikalische Instrumente) geschätzt wurde; und welche natürliche Wärme, welcher Wohllaut dazu spricht aus den wenigen Gedichten, die er hinterlassen hat, davon eines ernsthaften Inhalts: „der Schiffbrand."

Die Kunst, Briefe zu schreiben, die nach Lessing's Definition darin besteht, sie ohne Kunst zu schreiben, hat unser Schriftsteller eclatant genug gezeigt in seinen Briefen an genannte Amalie Kotzebue-Gildemeister in Duisburg (später in Bremen), seine Nichte, für die zunächst, wie bekannt, Goethe die Rolle der Mariane in seinem Schauspiele „Die Geschwister" schrieb, welche sie auf dem weimarischen Liebhabertheater mit großem Beifall spielte. (Goethe gab die Rolle des Wilhelm.) Man kann diese Briefe als Muster ihrer Art hinstellen. Es sind „drei Mal drei Novellen für das erste Kindbett einer geliebten Wöchnerin", wie er selbst diese geistigen Nippsächelchen bezeichnet, Referate und Erzählungen meist lächerlicher Begebenheiten, häuslicher Scenen und dergleichen, aber in so anziehendes Gewand gehüllt, daß man beim Lesen sich selbst mitten in diese scheinbar ganz und gar minutiösen Vorfallenheiten und subjectiven Er-lebnisse hineinversetzt glaubt.

———————

Wie man weiß, gehörte Musäus — nennenswerth auch als einer der Mitbegründer der Loge Amalia in Weimar und eines der verdientesten und gefeiertsten Mitglieder der-selben — dem auserlesenen Kreise von Gelehrten, Denkern und Dichtern an, welche die Herzogin Anna Amalia von Weimar um sich versammelt hatte; ja, Musäus zählte zu den bevorzugten Lieblingen dieser erhabenen Fürstin und Frau, die geistig viel und gern mit ihm verkehrte und an seiner belebenden, heiter = gemüthvollen Unterhaltung großes Behagen fand. Bei einem Hofsouper, wozu auch unser Dichter geladen war, stellte sie ihm einst, als eben der Thee herumgereicht wurde, die scherzhafte Aufgabe, diesen als Mittel gegen Kolik und Steinbeschwerde zu besingen, welcher Aufforderung er in einer improvisirten Ballade, worin er den Ritter Kolk und den Ritter Kunz vom Steine in einem vor dem Kaiser gehaltenen Turniere von einem grünen Rit-ter, Chinesen von Geburt, in den Sand gestreckt werden ließ, höchst überraschend und gar belustigend nachkam.

Ueberdies verdient Musäus als einer der vielbeschäf-tigten Mitthätigen bei den genialen Darstellungen der Ge-nossen des Herzoglichen Liebhabertheaters genannt zu werden, bei welchen er gewöhnlich die derb=komischen Rollen über-nahm, wozu ihn seine Figur und seine ganze sonstige Eigen-thümlichkeit besonders qualificirten, und die ihm deshalb ausnehmend gelangen. So sollen sein Wirth in Lessing's „Minna v. Barnhelm" und in den „Mitschuldigen" von

Goethe, sein Kaiser Ahasverus im „Jahrmarkt von Plun=
dersweilern" und Aehnliches Meisterstücke gewesen sein. Thea=
terproben, die er selten versäumte, wurden bisweilen in der
Wohnung von Corona Schröter gehalten. In einer der oben
angezogenen Brief=Novellen (mit der Ueberschrift: Das nächt=
liche Abenteuer) macht er nun folgende Bezug habende Mit=
theilung: „Zu Ende des Sommers, um die Zeit des Ge=
burtstags des Herzogs (Carl August, geboren am 3. Sep=
tember 1757) ließ die Herzogin Frau Mutter in Ettersburg
eine Komödie aufführen, die dadurch illustre war, weil sie
selbst nebst der Gräfin von Bernstorff darin eine Rolle hatte.
Es war eigentlich ein travestirter Orpheus, ein Virtuos,
der aus dem Reich der Schatten sein Mädchen wieder for=
derte. Es waren verschiedene Arien aus der Alceste gleich=
falls travestirt darin. Zu dieser Komödie nun ließ die Her=
zogin Amalia mich einladen, um, wie sie gegen den Kam=
merherrn v. Einsiedel gesagt, auch einmal vor mir zu spielen,
da ich so oft vor ihr gespielt hätte. Es war alles sehr
incognito, nur etwa zwölf Personen von der Noblesse ge=
beten, und die Herrschaft. Ich war Willens, zu Fuß nach
Ettersburg zu gehen, hörte aber ein paar Tage darauf vom
Kammerherrn, daß noch einige Personen die Erlaubniß er=
halten hätten, der Komödie beizuwohnen, ich möchte also
meine Frau mitbringen. Ich nahm mit B**s eine Kutsche,
wir fuhren glücklich hinaus, wurden nach der Komödie trac=
tirt und fuhren um halb neun Uhr, kurz vorher, ehe die
Herrschaft fortging, nach Hause." Darauf beschreibt er die
kleine abenteuerliche Rückfahrt, bei welcher die Gesellschaft,
da der Kutscher des Weges verfehlt hatte, und endlich mit
seiner Ladung ganz und gar stecken geblieben war, in stock=
dunkler Nacht zu Fuß nach Weimar hat wandern müssen.

In einem dergleichen Briefe an dieselbe Adressatin

stattet er anderweitigen Bericht über eine Vorstellung der
Herzoglichen theatralischen Liebhabergesellschaft in den Worten ab: „Diesen Herbst (1778) hat die Frau Herzogin Amalia eine Komödie in Ettersburg auf dem großen Saale in
dem Seitengebäude, wo ein artiges Theater errichtet worden, aufführen lassen. Es war der Jahrmarkt von Plun-
dersweilern von Goethe, welches Stück aber sehr verändert
und componirt worden ist, die Herzogin hat selbst an der
Composition gearbeitet; — und der Medicin malgré lui,
von Einsiedeln übersetzt. Bei der Leseprobe, die hier im
Palais war, wurde an die Akteurs der beiden Stücke ein
herrliches Soupé gegeben und nachher ein Ball, der bis
3 Uhr dauerte. Zu den Proben in Ettersburg wurden die
Akteurs, 24 Personen zusammen, jedesmal in sechs Kutschen
hinaufgeholt und Abends mit Husaren, die Fackeln hatten,
wieder zurückbegleitet. Die Aufführung geschah an eben dem
Tage, wo die Erbprinzessin von Braunschweig hier zum Besuch war; ich hatte in beiden Stücken eine Rolle, ein Mal
als französischer Bauer, und in dem Jahrmarkt als Kaiser
Ahasverus.‟

————

Wie hoch bei Musäus, diesem Freunde der Natur und
ländlicher Beschäftigung, Wunsch und Sehnsucht nach Er-
werb eines Gartengrundstücks gestiegen war, geht aus einer
Erklärung hervor, die er in dieser Rücksicht von sich giebt[41]),
und worin er sagt: „Es ist seit einiger Zeit eine solche lebhafte Idee des Vergnügens, ein Eigenthum zu acquiriren,
bei mir und meiner lieben Frau entstanden, daß diese, so
sehr sie sonst die Kapitale liebt, entschlossen ist, meinen
sämmtlichen Schriftsteller-Erwerb anzuwenden, um ein Grundstück zu acquiriren, und zwar nur ein leeres, wüstes, aber

sehr romantisches Plätzchen, das wir erstlich anpflanzen und bebauen wollen, nicht nur Gemüse darauf zu ziehen, sondern es mit viel hundert blühenden Blumen und Sträuchern zu bepflanzen und ein kleines Feenschloß hinein zu setzen, das allenfalls zu einem Aufenthalt im Sommer dienen könnte, auch daselbst zu übernachten. Das Beste bei der Sache wäre, daß im künftigen Maimonat die ganze Anlage fix und fertig sein und auch das leichte Haus, das auf meine Lebenszeit ohngefähr ausdauern, aber doch bequem und wohl in's Auge fallend sein sollte, müßte auf den Sommer gleich vollkommen genutzt werden können. Der Platz, den ich mir ausgesucht habe, bleibt vor der Hand noch in petto 2c. Wenn aber, wie es sehr möglich ist, dieses Lieblingsdessein scheitern sollte, so bleibt es bei dem Ilmgarten." — Einen solchen Garten an der Ilm scheint er mehrere Jahre vorher schon pacht= weise benutzt zu haben. Dort, und hernach auch auf seinem Eigenthums=Areal, verkehrte er viel mit seinem Neveu Kotze= bue; ja, sie waren fast täglich zusammen und hatten mit einander ausgemacht, daß der zuletzt sich Einfindende jedes= mal den Kaffee, den sie gemeinsam tranken, zu kochen habe.

Sie schriftstellerten an Einem Tische, aus Einem Tinten= fasse; und (fügt Kotzebue hinzu) „ich sehe noch das gut= müthige Lächeln um seine Lippen, den hellen, starren Blick seines Auges, wenn sein Geist im Begriff stand, einen witzigen Einfall zu erhaschen." Am Abend las er seinem Mitarbeiter gewöhnlich vor, was er den Tag über geschrie= ben; zuweilen auch erst am Ende der Woche. Dieser aber, dessen Proteusnatur alle Formen sich anzueignen wußte, im Dichten wie im Leben, gerieth darüber auf den Einfall, auch Musäus zu copiren, nachdem er schon Wieland und Brandes, Goethe und Hermes nicht ohne ein gewisses Geschick nachge= ahmt hatte. So zeigen unter anderen seine beiden Lustspiele:

6

Die deutschen Kleinstädter und deren Fortsetzung: Carolus Magnus, eben so seine Erzählung: „Ich, eine Geschichte in Fragmenten" in der schnell vergessenen Unterhaltungsschrift: Ganymed für die Lesewelt, ganz unverkennbar die Nachbildung von Musäus' Schreibart und originellen Wendungen, ohne überall die Kräftigkeit, Frische und Natürlichkeit des Originals zu erreichen.

Jenes Stückchen Landes, von dem Musäus spricht, und wo er viele Stunden der Arbeit, der Erholung und des harmlosesten Vergnügens verlebte, hat er denn, wie angedeutet, auch wirklich eigenthümlich erworben und besessen. Es befindet sich dasselbe auf der östlichen Höhe der Stadt, der sogenannten Altenburg, am Wege von Weimar nach Jena. Er cultivirte es sorgfältig, machte es zu einem Gefilde der Flora und Pomona und bauete sich, wie er es im Sinne gehabt, ein Häuschen hinein, das ihm seine hohe Gönnerin und Freundin, die Herzogin Amalia, ausmöblirte; nicht weit davon einen kleinen Tempel, den er mit einigen einfachen Statuen schmückte, und auf dessen Terrasse er in Gesellschaft seiner Frau und lieber Freunde zu öfteren Malen den Nachmittagskaffee „mit sonderbarem Wohlbehagen" einnahm. Es wurden Garten und Häuschen sein Lieblingsaufenthalt, dessen er sich noch einige Jahre erfreuen durfte. Dort wußte er sich seine Tage zum Idyll zu gestalten, in das freilich die Außenwelt, so wenig sie ihn da im Ganzen berührte, denn doch so manches Mal mit prosaisch-ernüchterndem Finger eingriff. Immer aber hat auch er mit Goethe das Gefühl getheilt, das dieser in seinem Garten in der Nähe der Ilm empfand und in den Worten ausdrückte: „Es ist eine herrliche Empfindung, da haußen im Felde allein zu sitzen!" Denn daß sein ländliches Dominium die Summe der Vergnügungen, das Eldorado unseres Mufäus in sich schloß, wo in einem Pfeischen Tabak und in einer Tasse Kaffee, den er ungemein liebte, sein vornehmlichstes, bescheidenes materielles Labsal bestand, ersieht man aus den weiter oben erwähnten Heften des Garten-Journals, das er mit leichter, kindlicher, oft flüchtiger, darum an manchen Stellen nicht sehr leserlicher Hand geführt und worin er mit einer sicher beispiellosen Genauigkeit und Sorgfalt die kleineren oder größeren Begebenheiten und Erlebnisse eines jeden dortselbst verbrachten Tages aufgezeichnet hat. Ja, auch des Spätherbstes rauhe Natur, selbst des Winters Schnee und Eis hielten ihn nicht ab, seinen theueren Winkel aufzusuchen, den er niemals eilig genug betreten kann, um im wohlburchwärmten Gartenhausstübchen, wohin er, wie wir wissen, nicht selten mit eigener Hand einen Bruchtheil des erforderlichen Heizungsmaterials trug, geistiger Beschäftigung obzuliegen, wie er denn schon mit anbrechendem Frühjahr, den Sommer hindurch und bis in den Herbst hinein die rüstige Arbeit seiner Hände, darunter auch Holzsägen und -Spalten, zuweilen sogar Steinebrechen, damit abwechseln ließ. — Fehlte ihm schon etwas nicht Unwesentliches zu seinem Wohlbefinden, wenn er auch nur einen halben Tag seinen Garten missen mußte, wie beklagt er erst eine durch die Umstände — Krankheit und sonstige häusliche Calamitäten — ihm auferlegte längere Abwesenheit! Da kann er denn nichts thun, als „unterweilen zum Fenster hinaus das Gartenhaus in der Ferne betrachten und den geheimen Wunsch hegen, daß doch die Zeit und Umstände bald wieder erlauben möchten, den Garten zu besuchen." Mit unverkennbarer Wehmuth nimmt er beim Antritt seiner (letzten!) Gotha'schen Reise zu seinen Anverwandten (im August 1787), wo es ihm diesmal mehr als je gefällt, von seinem theueren Tusculanum auf funfzehn Tage Abschied.

6*

Das bezeichnete Diarium enthält die einschlägigen Me=
morabilien vom dritten, vierten und fünften Gartenjahre
(1785 bis 87), und giebt die eingehendsten Notizen über die
Beschaffenheit der täglichen Witterung; läßt herauslesen,
wie jeglicher Sonnenblick nach trübem Himmel ihn entzückt,
jede Spur des Frühlings ihn beseligt, jedes linde Lüftchen
ihn erquickt, jedes Veilchen, jede Blüthe ihn mit Frohge=
fühl erfüllt hat. Doch auch der Zug des Bedauerns und
der Wehmuth geht durch seine Seele, wenn er klagt, daß
im Garten noch kein Hauch des Lebens, kein Odem des
Frühlings zu spüren sei. Aber alle schönen Tage des gan=
zen Jahres getreulich zu summiren, hat er nicht vergessen.
Kunde ertheilt er von dem Zustande seines Grundstücks im
Allgemeinen und Besonderen, von den Geschäften, die da
vorgenommen worden sind, von der Aufsicht, die er über
die Arbeiter geführt; von den Blumen, Gemüsesorten und
Pflanzen aller Art, die er selbst gezogen, den Bäumchen,
die er gesetzt hat. Er rühmt es, wie Carl August ihm ein=
mal zwölf Karren guten Erdreichs habe anfahren lassen.
Daneben übergeht er es nicht, alle in der schlichten Villa
arrangirten Picknicks 2c., die Anzahl der dabei betheiligt ge=
wesenen Personen bald einzeln, bald im Ganzen namhaft zu
machen, und wie oft dort in jedem Monat und das Jahr
lang im Freien, oder im kleinen einfachen Salon gespeist
worden.

In diesen seinen gar naiven, herzigen Niederschreibungen,
in denen wir den so überaus lieben Menschen leibhaftig vor
uns haben, läßt er uns aber auch selbst in die tiefsten Fal=
ten seines weichen Herzens, auch seines zärtlichen Gatten=
und Vaterherzens blicken, und rührend ist es, wahrzunehmen,
wie er der freudigen Empfindung Ausdruck giebt, die seine
Brust durchdrang, so oft seine „liebe Frau“ ihm mit den

Kindern einen Besuch abstattete, er mit seiner Familie den Garten betrat; ergreifend aber auch, zu lesen: „Bei ver= schlossener Thür gearbeitet und viel geweint, weil der liebe Gustel seit gestern mit einem heftigen Fieber befallen wor= den[42];" wenn er Tags darauf schreibt: „Gemüthsverfassung ruhiger als gestern, weil sich's mit dem kleinen Gustel merk= lich gebessert hat;" wenn er nach fünf Tagen von da ab verkündet: „Bei schönem sonnigen Herbsttag und sehr heiterer Luft den kleinen Gustel nach eingetretener Besserung zum ersten Mal wieder spazieren herausgefahren. Ich war heiter und leicht im Kopfe und zur Arbeit aufgelegt;" — wie er wegen Unwohlseins seines „lieben Karl" sich gar große Sorge macht.

Seine Seelenstimmungen verschweigt er überhaupt nie= mals. So erklärt er: „Gemüthsverfassung etwas unmustern, doch ganz ruhig, weil die Arbeit geendigt worden ist und das letzte Manuscript nach Rudolstadt abgesendet worden, und weil der kleine Gustel guten Anschein der Besserung giebt." Ferner: „Am 2. December (1785) Bußtag Nach= mittags in den Garten gegangen, weil ich übler Laune war, auch etwas Kopfweh hatte;" wie er „bei Coffee, einer guten Pfeife Toback und einem gut geheizten Zimmer" bei seiner Gartenhaus=Arbeit sich „wohlbefunden"; wie er „mit ely= sischer Wonne" mit seiner Frau an einem schönen Sommer= morgen „Coffee getrunken," aber auch den Sommersanfang (1787) „im Pelze empfangen" habe. Er giebt seiner herz= innigen Freude Sprache über die erste Schwalbe, das erst= malige Rufen des Kuckucks und über das Schlagen der Nach= tigall. Doch auch manchen Gartenärger und =Verdruß hat er gehabt, wie sich das leicht denken läßt, und dem kein Gartenbesitzer entgeht. So sah er sich gemüssigt, einem Paar diebischer Gräserinnen aus der Nachbarschaft aufzu=

lauern, die auch wirklich in den Garten kamen, aber nur
Gras „abrupften"; daher er sich verborgen gehalten, um sie
„sicher zu machen." Ein anderes Mal hat der Wind das
Dach am Hause auf der Ecke aufgehoben und allerlei Schin=
deln abgerissen; eine Statue auf dem Tempel ist unter dem
Gehäuse, das sie bedeckt, durch Schabernack zu Schaden ge=
kommen. Holzsucher haben ein halbes Dutzend junger, „schon
gut bekliebener" Linden im Zaune abgebrochen, auch andere
Stämmchen zerknickt, „welches die Hoffnung vereitelt, mit
der Zeit einen grünen, selbstwachsenden Zaun zu erhalten"
u. A. m. — Unzufrieden ist er mit sich, daß er eines
Sonntags „zu lange geschlafen, um einen schönen Morgen
zu genießen," und kurz darauf macht er sich wieder den
Selbstvorwurf, Sonntag Vormittag nicht im Garten ge=
wesen zu sein, weil er es verschlafen habe und auch Ver=
schiedenes der Mährchen wegen nachschlagen gewollt. Ver=
gnügen bereitet es ihm, wie sein Karl an einem Nachmittag
einen Drachen, den er mit von Gotha gebracht, auf der
Altenburg steigen läßt, „der aber nicht sonderlich signalisirt
hat."

Ein Behagen realeren Kerns erfüllt ihn, als der Com-
missionsrath Ettinger aus Gotha ihm einmal 68 Thaler
für den vierten Theil der Volksmährchen, und später wieder
17½ Louis'dor für das Werk auf den Gartentisch zählt. —
Er kann seinen Mißmuth darüber nicht bergen, daß er mit
dem Vorsatz in den Garten gegangen, „recht viel zu ar=
beiten und beinahe nichts gethan." Manchmal hat er „mit
gutem Succeß" gearbeitet, oder auch nur „mit mäßigem
Gewinn auf dem Papier." Mit Arbeitslust gerüstet eilt er
aus der Schule (aus welcher er nicht gar selten „üble Laune
mitgebracht") in sein Elysium, um „endlich" den Anfang
des letzten Theils der Volksmährchen zu machen; doch durch

Besuch verhindert, kömmt er nicht dazu. Nach zwei Tagen
setzt er abermals an, bringt es aber nicht über vier Zeilen,
weil — Besuch von der „Frau Conrectorin Schwabe und
deren artigen Nichte Mlle. Hanstein aus Niederroßla" ihn
abhält.

Eine Störung besonderer Gattung wurde ihm einst dadurch bereitet, daß die ganze Parforce=Jagd des Herzogs im
Garten sich einfand, um „einen dorthin geflüchteten Hasen
aufzuspüren." — Es scheint ihn zwar etwas zu irritiren,
daß die jugendlichen Ballspieler auf der Altenburg ihrer
Frühlingsbelustigung „mit großem Getümmel" sich hingeben;
wie hätte aber eine Kindesseele, wie die seine war, darüber
lange ungehalten sein können!

Unter den vielen Fremden und einheimischen Gästen
von Bedeutung, die er in seiner ländlichen Behausung bei
sich sah (der ersteren in einem Jahre einmal nicht weniger
als siebenundvierzig), und auf deren manchen seines älteren
Söhnchens, Karl, gelegentlicher Ausruf sich bezogen haben
mag: „Da kömmt wieder einer, der den Papa loben will!"
seien, außer den bereits genannten Lavater und Goethe, hervorgehoben: Nicolai, Sulzer, Bürger, Pfenninger, Tobler,
die Professoren Wolf und Eberhard und Kanzler Hoffmann
aus Halle, Hofrath Eichhorn aus Jena, Professor Rosen-
müller aus Leipzig, Dr. Biester aus Berlin, Baron v. Golz,
Graf Brühl (der ihm ein Trauerspiel vorlas), die Professoren Michaelis und Mayer aus Göttingen, Buchhändler
Göschen aus Leipzig, Ruprecht aus Göttingen und Steiner
aus Winterthur (ein Sohn Lavater's machte, aus Göttingen
kommend, wo er studirte, ihm ebenfalls seine Visite), Gotter,
Prof. Moritz, Legationsrath Gildemeister, Kapellmeister
Wolf, v. Knebel, v. Einsiedel, Corona Schröter, Director
Heinze, Bode, Fräul. v. Göchhausen, Bertuch, Bibliothekar

Jagemann, Rath Kraus, Hofbildhauer Klauer. — Der noch
ganz jugendliche Erbprinz Karl Friedrich fand sich in Begleitung seines Gouverneurs, des nachmaligen Landkammer-
raths Riedel, im Sommer 1787 mehrere Mal bei ihm ein.
Auch Carl August beehrte ihn (20. Juni 1786) mit seiner
Gegenwart. Er giebt darüber folgendes Referat: „Se. Durch-
laucht der Herzog, der nebst dem Grafen v. Brühl vor dem
Garten vorbeifuhr, hielten an und geruheten, solchen in
Augenschein zu nehmen, verweilten ungefähr eine halbe
Stunde, worauf sie durch die Hinterthür in das dem Herzog zustehende Rothhäuser'sche Stück sich begaben, dahin ich
auf des Herzogs Befehl sie begleitete. Der Herzog äußerte
unter Anderem sehr gnädig, daß bei künftiger Anlegung
dieses Gartens zum Park kein Baum auf die Höhe sollte
gepflanzt werden, der mir die Aussicht benähme; daß ich
den Gebrauch des Brunnens im Rothhäuser'schen Garten
behalten sollte, den er wollte fassen lassen, und daß ich
ferner aus den Forsten zur nöthigen Anpflanzung Sätzlinge
von aller Art unentgeltlich erhalten sollte. Ein Viertel auf
Zehn ging ich ganz vergnügt nach Hause."

Musäus' Wittwe hat sich genöthigt gesehen, den an
Erinnerungen so reichen, freundlichen Garten, von dem aus
man einen überraschend schönen Blick auf Stadt und Um-
gegend hat, nicht lange nach dem Tode ihres Gatten auf
dem Wege einer Lotterie zu veräußern. Später brachte die
Gesellschaft „Erholung" das Grundstück käuflich an sich, erweiterte und verschönte die Anlage, die jetzt einem kleinen
Parke gleicht, und benutzt das überaus romantische Ganze
als Sommerlocal. Auf einer mäßigen Anhöhe des einladenden Platzes, nahe dem Gesellschaftsgebäude, hat man die
Büste des früheren Eigenthümers, unseres Musäus, mitten

im Grünen aufgestellt, und auf dem Sockel die sinnige In-
schrift angebracht:

> Die Wirklichkeit entflieh' aus diesen Räumen,
>   Der ernste Amtsberuf
> Hier, wo ein Dichter einst in sel'gen Träumen
>   Nur heit're Mährchen schuf.

Dieser Dichter mit seinen so schön benannten „sel'gen
Träumen" sollte sie auf Erden nicht allzu lange fortspinnen:
— Schon im Januar 1787 fing er an zu kränkeln[43]) und
es dauerte dieser Zustand in die siebenzehnte Woche hinein.
Den Sommer hindurch fühlte Musäus sich wohler, arbeitete noch rüstig, so z. B. an der Correctur des zweiten
Theiles der Volksmährchen für eine zweite Auflage; an
der „Kinderklapper" ꝛc., und alle Gefahr schien beseitigt.
Mit Beginn des Herbstes trat jedoch eine Fußgeschwulst bei
ihm ein, die ihm große Schmerzen verursachte und der Vor-
bote seiner letzten Krankheit war. Am ersten October wech-
selte er sein Logis und hatte in Folge dessen namentlich viel
mit der Aufstellung und dem Ordnen seiner Bibliothek in
der neuen, inmitten der Stadt gelegenen Wohnung zu thun,
weswegen er auch am Vormittag seinen ihm unentbehrlich
gewordenen Gartenbesuch einstellen mußte.

. Ein eigenes Gefühl, wofür der Ausdruck schwer zu
finden, will einen überkommen, wenn man aus dem Munde
des von der Hand des Todes schon leise Berührten das Geständniß vernimmt: „Vier Uhr Nachmittags bin ich zum
letzten Mal mit der Coffeekanne in den Garten
gegangen, welches im neuen Quartier nicht mehr an-
geht". Er half sich aber vom zweiten October an dadurch
aus der Verlegenheit, daß er das zubereitete Kaffeegetränk

in einer gläsernen Flasche mit in den Garten nahm, weil er „die Coffeekanne durch die Stadt nicht habe tragen wollen."

Seine letzte Aufzeichnung rührt vom zehnten October her, und er sagt darin: „Mittwochs aus der Schule zu Freund Bucholz [44]), um ihn wegen des geschwollenen Fußes, der mir viel Unruhe macht, zu consuliren; um elf Uhr in den Garten. — Nach Tische habe ich ein wenig geschlafen, bin nach dem Coffee wieder eine Stunde spazieren gegangen und halb sechs Uhr nach Haus, um zu arbeiten. 19ter schöner Herbsttag." — Er war für ihn der letzte, den er im Freien, auf seinem geliebten Landsitze verlebte. Von da an blieb er an's Bett gefesselt, von dem er nicht erstehen sollte.

Im zweiundfunfzigsten Lebensjahre unterlag er einem unheilbaren, von Niemand geahnten Leiden, einer der seltensten Krankheiten, wozu er wahrscheinlich zum Theil selbst durch übermäßig angestrengtes Arbeiten, das er häufig bis tief in die Nacht ausdehnte, den Grund gelegt hatte. Er starb am 28. October des genannten Jahres (1787) plötzlich und unvermuthet an einem Herzpolypen. — Ueber den schmerzlichen Todeskampf hatte die Vorsehung ihn hinweggehoben.

Das Todtenregister der weimarischen Stadtkirche hat über das Begräbniß des Unvergeßlichen Folgendes notirt: „Am 30. October, Abends neun Uhr wurde der Hochedelgeborene Herr Johann Carl Musäus, wohlverdienter Professor am Fürstl. Gymnasio allhier, mit der ganzen Schule und einer ansehnlichen Leichenbegleitung zu seiner Ruhestätte gebracht. Dieser menschenfreundliche und verdienstvolle Mann wurde gratis beerdigt; auch sogar ist nichts für's Geläute bezahlt worden, weil eben der Wilhelmstag war."

Auf dem Friedhofe der St. Jacobskirche (Hofkirche) liegt

seine Erbenhülle begraben. Dort wurde ihm, dicht an der
Südseite der Kirchmauer, Bode's Monument gegenüber,
nahe dem Haupteingange zum Gotteshause, an derselben
Seite, wo auch Kraus seine Grabstätte gefunden, von der
Hand eines unbekannt gebliebenen Verehrers ein einfach-
schönes Denkmal errichtet, auf diesem sein Hautrelief, unter
demselben eine auf einem Buche stehende, jetzt dort nicht
mehr anzutreffende Urne, mit der Aufschrift:

Dem verewigten Musaeus im Jahr MDCCLXXXVII.

Schlicht und einfach, wahr und würdig, wie das ganze
Leben dieses Trefflichen gewesen, hat sein Ephorus Herder
sein Charakterbild gezeichnet in der Gedächtnißrede auf ihn,
die derselbe im Hörsaale des Fürstl. Gymnasiums an ge-
dachtem 30. October hielt[46]), welcher Tag der jährlichen
Feier zum Andenken an den einstigen Erbauer, Stifter und
Wohlthäter des nach ihm benannten weimarischen Gymnasiums, den Herzog Wilhelm Ernst (regierte von 1683 bis
1728) gewidmet ist. — „Er ist todt, unser verdienter, guter
Professor Musäus" — ruft, um nur einige Stellen aus
dem Ganzen anzuführen, der Parentator aus, — „er, dem
jeder Mann und jedes Kind den Namen des Guten gern
giebt und geben wird, wenn er an ihn gedenkt 2c. Er war
hart gegen sich und desto nachgebender, gütiger gegen Andere.
Er meinte es redlich mit Gott und mit seinem Amte, mit
seinen Mitlehrern, Schülern und Freunden. Nie habe ich
ein Wort von seinen Lippen gehört zum Nachtheil eines anderen Menschen; vielmehr legte er die Fehler Anderer zum
Besten aus und suchte zu entschuldigen, was er entschuldigen
konnte. Er war gefällig und gesellig, ohne daß er je seiner
Pflicht abbrach; vielmehr trug er die schwere Bürde seines

mühsamen Lebens mit Heiterkeit, Gleichmuth, Fröhlichkeit, Scherz und guter Laune. Er seufzte nicht, er murrte nicht: zufrieden mit der Gegenwart, wenn sie ihm auch hart und drückend war, hoffte er eine lichtere Zukunft und arbeitete ihr froh entgegen, ob er sie gleich hier auf Erden nicht erlebt hat ꝛc. Auf eine sonderbare Weise trug er seit einigen Wochen die Vorempfindung seines Todes mit sich; und ob sie ihm Jedermann gleich aus dem Sinne zu reden suchte und von außen alle Kennzeichen seiner Krankheit gegen sie waren: so wußte er doch, was er fühlte, nahm das Abendmahl und sagte, daß er es das letzte Mal nehme, ordnete seinen letzten Willen und starb, ohne daß er es inne ward, ohne daß er es selbst bemerkte ꝛc. — Du hast (ruft gegen den Schluß dem Geschiedenen der Redner nach) die Bürde Deines Amts und Lebens bis zu Deinem Grabe redlich und fröhlich getragen und jetzt für einen Anderen niedergelegt, der sie wie Du so heiter und biederherzig tragen möge. Verstummt sind Deine Scherze und kleinen Freuden; aber auch Deine kranken Füße ruhen und der Pilgerstab ist Deinen Händen entsunken. — Dich drückt kein Fluch, kein Seufzer in der Erde; aber manches dankbare gute Andenken Deiner Freunde, Deiner Mitlehrer, Deiner Schüler und Anderer, die Dich gekannt haben, folgt Dir nach. Du hattest keinen Feind in Deinem Leben, Du wirst ihn auch nicht nach Deinem Tode haben, vielmehr wird die Fröhlichkeit Deines Geistes auch in Deinen Schriften zur Ehre Deines Namens noch fortleben ꝛc." Und sie hat fortgelebt und wird fortleben erfreuend und beglückend!

Unseren Musäus hat auch England durch Vermittelung von Thomas Carlyle, den Herausgeber des Lebens Schiller's (1825) und Uebersetzer des Wilhelm Meister, sich anzueignen nicht unterlassen, wie Goethe in seinem Aufsatze:

„Vorwort zu Schiller's Leben aus dem Englischen von
T. Carlyle" [Werke Bd. 46, S. 249] in den Worten berichtet: „Im Jahre 1827 erschien German Romances in
vier Bänden, wo er (Carlyle) aus den Erzählungen und
Mährchen deutscher Schriftsteller, als: Musäus, La Motte
Fouqué, Tieck, Hoffmann, Jean Paul und Goethe
heraushob, was er seiner Nation am gemäßesten zu sein
glaubte." Hierzu ist seine Bemerkung zu vergleichen: „Die
einer jeden Abtheilung vorausgeschickten Nachrichten von dem
Leben, den Schriften, der Richtung des genannten Dichters
und Schriftstellers geben ein Zeugniß von der einfach wohl-
wollenden Weise, wie der Freund sich möglichst von der Persönlichkeit und den Zuständen eines jeden zu unterrichten ge-
sucht, und wie er dadurch auf den rechten Weg gelangt,
seine Kenntnisse immer mehr zu vervollständigen."

Man darf Musäus in die Klasse der sogenannten Humoristen unserer Nation setzen. Der Begriff eines solchen, den wir zunächst durch Schriftsteller der Engländer
überkommen haben, ist, wie das Stammwort der Ableitung
selbst, doch eigentlich immer ein fließender, und zuletzt be-
sitzt nur jene Nation ihn mehr fixirt und erschöpft in Sterne
unter den Romanschreibern und in Shakespeare unter den
Dramatikern, deren ersterem viele mit weniger als halber
Berechtigung noch Swift beizählen, der richtiger seinen Platz
unter den Satirikern, näher den Pamphletisten hat. Den
Humoristen definiren, ist eben so schwer, als den Menschen
definiren; denn der Humorist spiegelt in sich den ganzen
Menschen ab: er jubelt und trauert, er jauchzt und klagt,
er lacht und weint. Alle Wonnen und Schmerzen des Lebens liegen in seiner Brust neben einander. Oft scheint es,

als spiele er nur mit seinem Gegenstande, während er ihn
doch tief durchdrungen hat, ihn fest umschlungen hält und
ihn mit seinem Herzblute tränkt. Er faßt, wie der Regen=
bogen, die ganze Farbenwelt in sich und strahlt sie wieder,
die Farbenwelt des Gemüthes. Das Prisma der Regen=
bogenfarben kannst Du teleskopisch und mikroskopisch zer=
legen, seine Totalität bleibt, es ist ein Ganzes; der Regen=
bogen als solcher ist eines und untheilbar. Du kannst die
festen und die zitternden Strahlen des Menschenherzens in
einzelnen Brennpunkten auffangen: das Herz als solches ist
eines und untheilbar. Der Humorist ist der Träger eines
ganzen Menschenherzens. Das göttliche Naß, — der humor —
das dieses Herz durchströmt und aus ihm herausströmt, —
Du kannst seinen Fluß in einzelne Wellengruppen eindämmen,
einzelne Bäche aus ihm ableiten: er bleibt ein untheilbarer
Fluß, dessen Lauf nicht zu hemmen, dessen Ganzheit nicht
zu zerspalten ist. Wie der ächte, volle Strom rauscht auch
das Gewässer des Humors dahin in hundertfältiger Abwech=
selung; dort rasch, brausend, schäumend, erregt, hier be=
dächtig, sanft, leicht, ruhig. Die ganze Natur spiegeln seine
Wellen ab; er nimmt sie auf, denn er ist, ungeachtet seiner
Sprunghaftigkeit, ein Vereinendes, ohne in Verallgemeine=
rung und Verschwommenheit auszulaufen. Dem Endlichen,
in welchem er, wie ein unumschränkter Gebieter, leicht, frei
und ungehindert, heiteren Muthes, sogar mit Muthwillen
sich bewegt, streift der Humorist das Gemeine und Nichtige
ab und erhebt es zum Unendlichen; denn der Humor ist die
Weltspiegelung selbst. „Der Humor, als das umgekehrt
Erhabene", sagt Jean Paul in seiner Vorschule der Aesthetik
sinnig und treffend, „vernichtet nicht das Einzelne, sondern
das Endliche durch den Kontrast mit der Idee. Es giebt

für ihn keine einzelne Thorheit, keine Thoren, sondern nur Thorheit und eine tolle Welt."

Haben wir Deutsche auch an Hippel (in gewissem Sinne wohl auch an Lichtenberg), Jean Paul und Tieck die bedeutendsten Autoritäten in der humoristischen Schreibart, von denen der Erstere mehr die philosophisch-reflektirende, bei ihm nur allzu oft in herbe, schneidende Satire ausartende, der Andere die sentimentale, zarte und weiche Seite des Humors repräsentirt, wobei ihm jedoch in seiner subjectiven Gefühlsrichtung das Talent zu universellerer Weltbetrachtung abging, während der Letztere durch die künstlerische Gestaltung seiner humoristischen Stoffe hervorragt und als ein Meister in der Formung humoristischer Charaktere gelten muß: so mag doch Musäus neben ihnen ebenfalls seinen wohlerworbenen, nicht unebenbürtigen Platz behaupten. Jean Paul selbst nimmt, wie wir sahen, nicht Anstand, ihm „ächtdeutschen Humor" beizulegen. Eine reiche Farbenwelt des Gemüthes ist auch an ihm, aus der Erfassung und Verarbeitung Alles dessen sichtbar, was er seiner Beobachtung unterstellt; und wenn zum Humoristen das Herz, das zartempfindende, offene, theilnehmende Menschenherz, ein reines, liebenswürdiges Gemüth, die Naivetät einer kindlichen, das Leben, trotz aller seiner Gebrechen, Thorheiten und Verzerrungen mit liebevollem, versöhnlichem Blicke betrachtenden Seele gehört, einer Seele, welche die, von dem Grundwesen des Humors gleichermaßen nicht auszuschließende Skepsis (die an dem blos durch die Autorität Sanctionirten zweifelt, dies aber in heller Belustigung darüber thut) gleichsam spielend überwindet; wenn die Begleiterinnen und Gehilfinnen des Humors: natürlicher Witz, ohne verwundende Spitzen einherschreitende und doch nicht mit Luftstreichen sich begnügende Satire, die Ausflüsse einer fröhlichen Laune,

die in gutmüthigster Ironie das Lächerliche im rechten Lichte
darstellt, das Verschrobene, das in seiner Schwäche und
Kranlhaftigleit vornehm sich Spreizende in seiner Nacktheit
und Unberechtigtheit zeigt, — ihre Dienste leinen Augen-
blick verfagen; wenn endlich selbst durch das Feierliche, den
Ernst und die düstersten Schatten des Lebens der Humor
hindurchspielt und zuletzt sich leuchtende Bahn bricht, um in
dem wankelosen Glauben an eine höhere Weltordnung sich
über die drückende Atmosphäre des Beschränkten und Endlichen zu dem Schrankenlosen und Unendlichen siegreich zu
erheben, wie dies in Musäus' ganz einzigen Betrachtungen
über „Freund Hein's Erscheinungen" so bedeutungsvoll hervortritt —; wenn Alles das unerläßliche Eigenschaften und
Merkmale eines wahren Humoristen sind: so finden sich im
Ganzen und im Einzelnen der Musäus'schen Schriften davon
die unverkennbarsten Spuren und Anklänge. Auch seiner,
wie Jean Paul sie gut benamt, „sich selber belächelnden
Hausväterlichkeit" steht ihr territoriales humoristisches An-
recht zur Seite, da „durch deren Gutmüthigkeit sogar die
fremdartige Einmengung der Herzenssprache als eines komi-
schen Bestandtheils sich absüßt," wie es Jean Paul sinnvoll
ausdrückt. In Allem aber, was er giebt, waltet jenes friedliche, beruhigende Element in der Betrachtung und Auffas-
sung des Lebens, das uns über den Zwiespalt und die
schroffen Seiten desselben mit leichter, sicherer Hand hinaus-
hebt. Denn die wahre Dichtung kündigt sich, nach Goethe,
dadurch an, daß sie als ein weltlich Evangelium durch innere
Heiterkeit, durch äußeres Behagen uns von den irdischen
Lasten zu befreien weiß, die auf uns ruhen; daß sie uns in
höhere Regionen hebt und die Irrgänge des Lebens zu-
rückläßt.

Wenn Jacobs (a. a. O.) unserem Volke den nicht
völlig unbegründeten Vorwurf macht, daß es sich um seine
besten Schriften, wenn sie einige Jahrzehnte alt geworden,
nicht viel mehr bekümmere, als ein leichtsinniger Jüngling
um eine alternde Geliebte, und mit unmäßiger Begierde nach
dem Neuen und Neuesten jage, so sollte man, um demselben
in Absicht auf einen der bedeutendsten Schriftsteller, den wir
besitzen, unsern Musäus, zu entgehen, es nicht länger Anstand geben, eine Gesammtausgabe seiner Werke zu
veranstalten, die, bis auf die Volksmährchen, in Verhältniß
nur Wenigen genau bekannt sind, und die doch eine blei=
bende Geltung beanspruchen dürfen. Ihr sollte man auch,
wie Jean Paul in Bezug auf Musäus schon längst gemahnt
hat, seine launigen Recensionen von Romanen und anderen
Schriften einzuverleiben nicht vergessen, die in den „bleihal=
tigen" Stollen der Allg. deutschen Bibliothek als „goldhaltige"
Adern liegen und die man „ihren Büchern und ihrer Bi=
bliothek nachsterben läßt, ohne diese untergesunkenen Perlen
aus dem Wuste auszuheben und einzufädeln." Und fürwahr,
durch diese gediegenen Perlen, welche die kritische Vernich=
tungs= und die literarische Kopfabschneide=Sucht mit höhnisch=
geringschätziger, wegwerfender Miene „Recensiönchen"
nennen konnte, thut er sich vor den kahlen und trivialen
Leistungen einer großen Zahl der anderen Mitarbeiter an
jener veralteten Bibliothek ganz ebenso hervor, wie die ächte
Perle vor der Glasperle.

Weimar aber, das bevorzugte, voran, in dessen Mauern
er lebte, wirkte, schrieb und starb, und das seinem Musäus
stets ein ehrendes Andenken bewahrt hat, sollte es nicht vorbeigehen, seiner Seits dahin sich zu verwenden, daß der in Obi=
gem angeregte Gedanke so bald als möglich in's Leben trete!

So fahre denn fort, Du edler Sänger einer Unschulds=
welt, in deſſen eigener Bruſt ihr Bronnen in lichter Klarheit
und in unerſchöpflicher Tiefe quoll, fahre fort, mit Deinen
lieblichen Dichtungen das Menſchenherz zu erquicken und zu
erbauen! Dein Genius umſchwebe in und aus ihnen Alle,
die mit hingegebener Liebe Dein geiſtiges Bild beſchauen,
um es ſich unauslöſchlich in die Seele zu prägen, und trage
uns zu jenen heiteren, ſonnigen Höhen eines ſeligen Gemüths=
lebens empor, auf welchen Du ſo heimiſch wareſt, auf ihnen
hochbeglückt wohnteſt und walteteſt. Und aus dieſen Deinen
Geiſteswerken, über welchen Du — der thätigſten der Men=
ſchen einer — ſo oft in ſtiller Nacht geſonnen und gedacht,
ſtröme neue Luſt und neue Kraft auf uns zum angeſtrengten,
ſegensreichen Wirken und Schaffen für Mit= und Nachwelt.

Von Dir dem Menſchen Muſäus aber laſſ' uns lernen, daß, wie das Buch der Bücher ſpricht, ein guter Muth
ein täglich Wohlleben iſt, und uns, wie Du es immerfort
gethan, das Wort der Weisheit: Am guten Tage ſei guter
Dinge, und den böſen nimm auch für gut, tief in das Herz
uns ſchreiben!

Anmerkungen.

1) S. 7. In seinem Buche: „Straußfedern."

2) S. 9. Heinr. Schmidt in s. „Erinnerungen eines weimarischen Veteranen ⁊c." (Leipz. 1856) bringt davon eine artige, selbsterlebte Anekdote in den Worten bei (S. 22 f.): „Als Lehrer von uns im Gymnasium (wir waren acht Brüder) wurde er (Musäus) öfters auch von unseren Eltern zu Tische geladen; so auch einmal nach einer längeren Krankheit, die er überstanden hatte. Alles freuete sich über sein gutes Aussehen, als er eintrat. Gegen Ende der Mahlzeit konnte es jedoch seine Frau nicht länger über sich gewinnen, zu verschweigen, daß er nur darum so gut aussehe, weil er sich geschminkt habe, als er in die Gesellschaft gegangen sei. „Hast Du's nun endlich vom Herzen herunter", sagte er darauf, „ist Dir nun leichter? Nun ja, ich habe mich roth angestrichen, um dem Bedauern wegen meiner Krankheit auszuweichen und lieber wegen meiner Gesundheit beneidet zu werden. Aber weil meine Frau eine solche Plaudertasche ist, so will ich nun auch das Maul nicht halten und erzählen, was mir mit ihr vor Kurzem auf dem Wege nach Erfurt passirt ist. Wir fuhren an einem blau blühenden Felde vorbei und ich sagte: „Sieh', wie schön der Flachs steht!" Darauf weist meine Frau auf das Feld daneben und sagt, um ihre außerordentlichen Wirthschaftskenntnisse zu zeigen: „Auch das Werg daneben steht recht gut!"

3) S. 10. Einleitung zu Shakespeare's Sonetten.

4) S. 10. Abbildungen von ihm enthalten die nachge=
lassenen Schriften, der Deutsche Ehrentempel und der 37. Band
der Bibliothek der schönen Wissenschaften, in welch' letzterem
Buche sich sein von Schuler nach Kraus gestochenes, jedoch, wie
es mir scheinen will, nicht ganz ähnliches Porträt befindet. Als
ein um so gelungeneres Kunstwerk macht sich die in den Sälen
der Großherzogl. Bibliothek in Weimar aufgestellte, von dem
Hofbildhauer Klauer modellirte Büste von Musäus bemerkbar,
womit der Künstler im August 1785 begann.

5) S. 13. Seine Wohnung dort soll er, wenigstens ein
Jahr lang (1754), in der Hofapotheke am Markt gehabt haben.
Eine bestimmte Nachricht liegt nicht vor.

6) S. 14. Nach ihr durfte sogar, ohne höchlich aufzu=
fallen, kein Geistlicher auf der Straße erscheinen, ohne wenigstens
in halbem Ornat, d. h. schwarzem Frack, dergleichen langen
Strümpfen, Schnallenschuhen, Mäntelchen und Bäffchen einher=
zugehen.

7) S. 15. Laut actlichen Stundenplanes [typus lectio-
num] sind Musäus nachstehende Unterrichtsfächer zugetheilt ge=
wesen: In Prima: 2 Stunden Virgil, 2 St. Griechisch, 2 St.
Ernesti initia doctrinae solidioris, 2 St. Mathematik, 1 St.
deutsche Sprachlehre, 1 St. Einleitung zu den schönen Wissen=
schaften. In Secunda: 2 St. Mathematik, 2 St. poesis la-
tina, 2 St. Griechisch, 2 St. historia universalis, 1 St. ora-
toria Gesneri, 1 St. deutsche Briefe, 1 St. deutsche Poesie, —
im Ganzen also 21 Lehrstunden wöchentlich.

8) S. 16. „Die jüngsten Kinder meiner Laune", 5.
Bändchen.

9) S. 19. S. „Anhang" II — VI.

10) S. 21. Von dieser Wohnung aus war das Häus=
chen in Musäus' Garten sichtbar; daher die Insassen sich gegen=

feitig ohne Schwierigkeit telegraphisch verständigen konnten. So berichtet Musäus vom 30. Decbr. 1786 aus dem Gartenhause, daß seine Frau im Fenster ein Zeichen gegeben, was ein Beweis sei, daß er in die Komödie gehen solle und Billets vorhanden seien.

11) S. 22. Noch als Gymnasialprofessor hat er, zwei Jahre vor seinem Tode, ein solches Neujahrgedicht für den Kirchner gefertigt, wozu er den Anfang im geheizten Gartenhauszimmer am Vormittag des 23. December 1785 machte.

12) S. 23. S. „Anhang" I.

13) S. 25. Ganz so, wie das deutsche Theater, ehe unsere großen Dramatiker es regenerirten, noch von den obligaten Haupt= und Staatsactionen seiner Schauspieldichter zehrte.

14) S. 25. In seiner den Nagel stets auf den Kopf treffenden Weise vergleicht Musäus in einer berliner Recension die Romanfabrikanten seines und einiger der vorhergegangenen Jahrzehnte mit Haifischen, die Alles verschlingen, was ihnen vorkömmt, und deren Mägen auch die heterogensten Dinge zu verarbeiten wissen.

15) S. 26. Ein Ausdruck, den Goethe freilich in der Erklärung ablehnt, daß Werther bei seinem Erscheinen in Deutschland keineswegs, wie man ihm vorgeworfen, eine Krankheit, ein Fieber erregt, sondern nur das Uebel aufgedeckt habe, das in jungen Gemüthern verborgen gelegen.

16) S. 37. Nachgel. Schriften.

17) S. 37. Nach C. A. Böttiger („Literar. Zustände und Zeitgenossen", I. S. 177) soll Wieland in Bezug auf Musäus die Aeußerung gethan haben: „Die gehässigsten Recensionen gegen mich erschienen in der Nicolai'schen Allgem. Bibliothek. Da war das Lastthier Musäus mein Recensent. Diesem ehrlichen Manne" — habe Wieland hinzugesetzt — „habe ich in der Folge zu einem Honorar von zwei Friedrichsd'or pro

Bogen für Freund Hein8 Erscheinungen bei Steiner verholfen, wovon er ganz entzückt war. Musäus' Jovialität litt keinen Thaler in der Tasche. Daher war er immer in Geldnoth und mußte für Nicolai große Stöße von Allerweltsschriften den Bogen zu vier Thalern recensiren". —

Ob denn, die volle Wahrheit dieses Wieland'schen Herzens= ergusses vorausgesetzt, wie man das (ein so wenig sicherer Ge= währsmann Böttiger in manchen Stücken ist) bei dieses Dichters etwas empfindlichem Charakter am Ende darf — im umgekehrten Falle Aehnliches hervorzusprudeln Musäus über das Herz gebracht haben würde?!

18) S. 38. Die erste physiognomische Schrift Lavater's hatte den Titel: „J. C. Lavater, Von der Physiognomik. Mit einem Vorbericht von J. G. Zimmermann." (Leipz. 1772.) Das größere Werk (Leipz. und Winterthur 1775 — 78. 4.) ist überschrieben: „Physiognomische Fragmente zur Beförderung der Menschenkenntniß und Menschenliebe. Vier Versuche." Später erschienen die Fragmente verkürzt herausgegeben von Joh. Michael Armbruster. Winterthur 1783. Drei Bände. 8. — In der neueren Ausgabe der Lavater'schen ausgewählten Schriften von Orell (1842 u. 44) sind sie in zwei Bände zusammengezogen.

19) S. 39. Wie denn Lavater in seinen physiognomischen Räsonnements offenbar zu denen gehört, von welchen Lessing sagt, daß sie ihre Sache im Voraus zur Sache der Wahrheit machen, während sie doch höchstens als Sache der Wahrschein= lichkeit gelten kann. Auch mag man Wieland, der sich vom Glauben an Lavater's Aufrichtigkeit nicht abgewendet hat, nicht so ganz Unrecht geben, wenn er ihn (bei Böttiger a. a. O. I, S. 151) als dupe seiner eigenen Empfindungen hinstellt und ihn von Schwärmerei so wenig freispricht, als Lucian's Peregri= nus Proteus.

Wie Goethe, Lavater's eitlen scientivischen Prätensionen

gegenüber, die Physiognomik dem Gebiete der Wissenschaft ent=
zogen und sie lediglich dem Parnaß, der dichtenden Phantasie
zugewiesen sehen wollte, geht aus seinem Epigramm (Werke
Bd. 1 S. 218): **Physiognomische Reisen** hervor, wo
er, anläßlich der Musäus'schen Angriffe, erst die **Physiogno=
misten** klagen läßt:

Sollt' es wahr sein, was uns der rohe Wandrer verkündet,
Daß die Menschengestalt von allen sichtlichen Dingen
Ganz allein uns lüge, daß wir, was edel und albern,
Was beschränkt und groß, im Angesichte zu suchen,
Eitele Thoren sind, betrogne, betrügende Thoren?
Ach! wir sind auf den dunkelen Pfad des verworrenen Lebens
Wieder zurückgescheucht, der Schimmer zu Nächten verfinstert, —

und darauf dem **Dichter** die beruhigende Wahrheit auf die
Lippen legt:

Hebet eure zweifelnden Stirnen empor, ihr Geliebten!
Und verdient nicht den Irrthum, hört nicht bald diesen, bald jenen.
Habet ihr eurer Meister vergessen? Auf, kehret zum Pindus,
Fraget dorten die Neune, der Grazien nächste Verwandte!
Ihnen allein ist gegeben, der edlen, stillen Betrachtung
Vorzustehn. Ergebet euch gern der heiligen Lehre,
Merket bescheiden leise Worte. Ich darf euch versprechen:
Anders sagen die Musen, und anders sagt es Musäus.

20) S. 39. Das 82. Kapitel „über Thierschädel" rührt,
wie Eckermann (Gespräche mit Goethe, II, S. 70) berichtet,
von **Goethe** her. Das Lavater'sche Manuscript ging durch
Goethe's Hände an den Buchhändler Reich in Leipzig. Goethe
schreibt darüber an seinen Züricher Freund unter dem 19. Febr.
1777: „Ich kann nichts dafür thun, als hie und da aus=
streichen." — Und doch hat er nur zu Viel stehen lassen!

21) S. 40. In gewohnter klarer Weise hebt **Goethe** (in
seiner „Campagne in Frankreich 1792", WW. Bd. 30 S. 214 ff.),
der jener Zeit unmittelbar nahe stand und ihre Erscheinungen
mit dem ihm eigenthümlichen scharfen Blicke auffaßte, diese
Richtung der Gemüther hervor, wenn er z. B. sagt: „Dadurch,

daß Lavater durch Heinrich Lips, der sich fest an ihn schloß, alle Personen abbilden ließ, die nur einigermaßen durch Stand und Talent, durch Charakter und That ausgezeichnet ihm begegneten, kam denn freilich gar manches Individuum zur Evidenz; es ward etwas mehr werth, aufgenommen in einen so edlen Kreis; seine Eigenschaften wurden durch den deutsamen Meister hervorgehoben; man glaubte einander näher zu kennen; und so ergab sich auf's sonderbarste, daß mancher Einzelne in seinem persönlichen Werthe entschieden hervortrat, der sich bisher im bürgerlichen Lebens= und Staatsgange ohne Bedeutung eingeordnet und eingeflochten gesehen. Die Wirkung war stärker und größer, als man sie denken mag; ein jeder fühlte sich berechtigt, von sich selbst, als von einem abgeschlossenen, abgerundeten Wesen das beste zu denken, und in seiner Einzelnheit vollständig gekräftigt, hielt er sich wohl auch für befugt, Eigenheiten, Thorheiten und Fehler in den Complex seines werthen Daseins mit aufzunehmen. Was aber zugleich aus jener Epoche folgerecht auffallend hervorging, war die Achtung der Individuen unter einander 2c."

22) S. 42. Ueber diesen Rüdgerodt vervollständigen wir im Auszug aus Lavater's Fragmenten, was diese über ihn angeben. (23. Fragm.) Nach ihnen muß er der entsetzlichste Unmensch des vorigen Jahrhunderts gewesen sein; ein lebendiger Satan, ein unaufhörlicher Mörder, stiller, in sich grabender Bosheit voll; ein Hurer ohne Maaß, ein Dieb ohne alle Nothdurft, ein Mädchenmörder, Frauenmörder, Muttermörder; ein Geizhals sonder Gleichen. Er weidete sich am Schatten der Nacht, schuf sich durch's Verschließen seiner Fensterladen den Mittag um Mitternacht um, verriegelte sein Haus 2c. Lichtscheu, menschenscheu, allein in sich selbst vermauert, grub er in die Erde, in tiefe Kellermauern, in Dielen und Felder seine erstohlenen und erworbenen Schätze, beschauete und zählte sie in

einsamen Mitternächten, wo ihn der Schlaf floh ꝛc. Mit dem
Blute der Unschuld bespritzt, tanzte er lachend am Hochzeittage
der Frau, die er nachher am Grabe, das sie sich selbst, auf sein
Geheiß, in seiner Gegenwart unwissend bereitete, tobt schlug.
Er blieb gelassen bei den schrecklichsten Erwartungen und lächelte
über die Bosheiten, um deren willen er sein verruchtes Leben
auf dem Rade endigen mußte.

23) S. 44. „Die Physiognomik reißt Herzen zu Herzen;
sie allein stiftet die dauerhaftesten, die göttlichsten Freundschaften;
sie ist die Seele aller Klugheit." (Fragm. 13.)

24) S. 48. Als solchen hatte man auch den bekannten
Joh. Heinr. Waser in Verdacht. — Gegen den niemals bekannt gewordenen Verbrecher, der seine Schandthat in der Nacht
des 12. Septembers 1776 vollführte, hat Lavater eine Predigt
über den Text: Psalm 37, V. 10—15 mit dem Thema gehalten:
„Der Verbrecher ohne seines Gleichen und sein Schicksal."
(Abgedruckt im 4. Bande von Lavater's ausgewählten Schriften,
herausgegeben von Joh. Kasp. Orelli. Erste Auflage. Zürich
1842. S. 151 ff.)

25) S. 48. Im 81. Fragmente bekennt er: „Jetzt, am
Ende meiner mühevollen Laufbahn, habe ich neben täglich stei-
gender Ueberzeugung von der Wahrheit der Physiognomik wenigstens eben so viel Behutsamkeit im Urtheilen gewonnen. Jetzt
muß ich wiederholen, was ich beim Anfang sagte: Es begegnen
mir noch täglich hundert Gesichter, von denen ich nichts zu sagen
wüßte, als höchstens, was sie nicht sind und nicht sein können;
aber nicht, was sie sind."

26) S. 48. Im 63. Fragmente widerräth er nachdrück-
lich Jedem, „eine vollständige Physiognomik zu schreiben!"

27) S. 48. Ungeachtet der Meister am „Beschluß" sich
mit dem Gedanken tröstet, durch sein Werk, und zwar „durch
jedes Fragment desselben Menschenkenntniß und Menschenliebe

befördert und erweitert," also seine Absicht vollständig er-
reicht zu haben.

28) S. 49. Man sieht aus dem Allem, wie weit Lavater
seine physiognomische Sorgfalt getrieben hat; was aber Lichtenberg nicht abhielt, mit seiner Behauptung hervorzutreten:
„Wenn die Physiognomik das wird, was L. von ihr erwartet,
so wird man die Kinder aufhängen, ehe sie die Thaten gethan
haben, die den Galgen verdienen."

29) S. 52. „Hetzereien" nennt Goethe in „Wahrheit
und Dichtung" die ungestüme Anregung, „womit Lavater alle
Menschen nicht allein zur Contemplation der Physiognomien,
sondern auch zur künstlerischen und pfuscherhaften praktischen
Nachbildung der Gesichtsformen zu nöthigen bemüht war." Und
von seinen physiognomischen Fragmenten urtheilt er in demselben
Sinne ebendaselbst: „Eben jenes Werk zeigt uns zum Bedauern, wie ein so scharfsinniger Mann in der gemeinsten Erfahrung umhertappt, alle lebenden Künstler und Pfuscher anruft,
für charakterlose Zeichnungen und Kupfer ein unglaubliches Geld
ausgiebt, um hinterdrein im Buche zu sagen, daß diese und
jene Platte mehr oder weniger mißlungen, unbedeutend und
unnütz sei. Freilich schärfte er dadurch sein Urtheil und das
Urtheil Anderer; allein es beweist auch, daß ihn seine Neigung
trieb, Erfahrungen mehr aufzuhäufen, als sich in ihnen Luft
und Licht zu machen. Eben daher konnte er niemals auf Re-
sultate losgehen, um die ich ihn öfter und dringend bat. Was
er als solche in späterer Zeit Freunden vertraulich mittheilte,
waren für mich keine; denn sie bestanden aus einer Sammlung
von gewissen Linien und Zügen, ja Warzen und Leberflecken,
mit denen er bestimmte sittliche, öfters unsittliche Eigenschaften
verbunden gesehen. Es waren darunter Bemerkungen zum Ent-
setzen; allein es machte keine Reihe, alles stand vielmehr zufällig
durch einander, nirgends war eine Anleitung zu sehen, oder

eine Rückweisung zu finden. Eben so wenig schriftstellerische
Methode oder Künstlersinn herrschte in seinen übrigen Schriften,
welche vielmehr stets eine leidenschaftlich heftige Darstellung seines
Denkens und Wollens enthielten und das, was sie im Ganzen
nicht leisteten, durch die herzlichsten, geistreichsten Einzelnheiten
jederzeit ersetzten." (Werke, 22. Bd. S. 378 f.)

30) S. 56. Nicht wenig auch würde J. Paul, wenn er
es noch erlebt hätte, über die kalte Kürze sich gewundert haben,
womit gewisse Literarhistoriker der Neuzeit Musäus abthun!

31) S. 56. In welchen Hyperbeln und Paradoxien Lavater's
Aussprüche über die Physiognomik zu vielen Malen sich bewegen,
oder was er vielmehr bona fide ihr zutraut, ist aus Sätzen,
wie die folgenden sind, greifbar (Fragm. 24): „Sie allein ist's
eigentlich, die den Menschen gegen alle unwahre und unbillige
Urtheile, die man über ihn fällen kann, schützt und nicht nur
zeigt, was er ist, sondern auch, was er sein kann." Oder:
„Physiognomik zeigt die Summe der Kapitalkraft; sie ist der
Spiegel der Naturforscher und Weisen." (Fragm. 51.) Oder
wenn er dem Schüler der Physiognomik den Rath ertheilt
(Fragm. 75): „Traue deiner ersten schnellsten Empfindung
immer am meisten! mehr noch als dem, was dir Beobachtung
zu sein scheint." Das scheint denn doch etwas von den „ersten
Gedanken" bei Lessing („Dramaturgie") zu haben, von denen
dieser behauptet, daß sie eben die ersten sind und daß das Beste
auch nicht einmal in allen Suppen oben auf zu schwimmen
pflegt!

32) S. 56. „Unser Musäus hat ihn ziemlich
gut beleuchtet!" rief Goethe gegen den Professor Dietmar
bei einer Unterredung mit diesem aus, die auch auf Lavater
Bezug nahm, in welcher der früher von seinem Freunde so ein-
genommene Dichter die Bemerkung nicht unterdrücken konnte:
„Er ist kein großer Freund von mir. Es ist lächerlich, wie er

über mich denkt. Er hat dem Versucher Christi in der Wüste, wie man sagt, im Kupferstiche meine Physiognomie geben lassen. Das gehört zu seinen Phantasien, die ihn oft zu übertriebenen Vorstellungen verleiten." („Berühmte Schriftsteller d. Deutschen." Berlin 1854. 1. Bd. S. 6.)

33) S. 57. Lavater's geistige Geltung schätzt Herder überhoch an, wenn er (im Jahre 1772) von ihm prädicirt: „Er ist nach Klopstock vielleicht das größte Genie von Deutschland, das jede alte und neue Wahrheit mit einer Anschauung erfaßt, die selbst alle seine Schwärmereien übersehen macht." Der ihm früher so engbefreundete Goethe, welcher ihm einmal das Prädikat eines „braven Geistlichen", eines „theuern Mannes" beigelegt hatte, setzte ihn seinem Charakter nach späterhin bekanntermaßen gewaltig herab, indem er ihn einen „Freund der Lügen von Anfang an" nannte und über ihn weiter die Aussage that: „Es kostet dem Propheten (Lavater) nichts, um sich bis zur niederträchtigsten Schmeichelei erst zu assimiliren, um seine herrschsüchtigen Klauen nachher desto sicherer einschlagen zu können." Und so haben auch Andere von seinen „Taschenkünsten" und „Schelmenstreichen" geredet. — Die Wahrheit liegt wohl auch hier, wie gewöhnlich, in der Mitte. In der Hauptsache kann man ihn doch eigentlich nur als einen von seinen Einbildungen und geistigen Ueberspanntheiten, die er mit allem Eifer eines für seine Sache voreingenommenen Gemüthes an den Mann zu bringen suchte, Betrogenen und Irregeführten hinstellen, dem überdies seine Eitelkeit manchen Streich spielte. — Goethe hat auch für ihn das rechte Wort, wenn er von ihm urtheilt („Ital. Reise", Bd. 24 S. 126 der Werke): „Lavater wendet seine ganze Kraft an, um ein Mährchen wahr zu machen." Und derselbe deckt in folgenden wenigen Worten (Bd. 30 S. 214) den physiognomischen Kardinalirrthum L.'s auf: „Er fühlte sich im Besitze der geistigsten Kraft, jene sämmtlichen Eindrücke zu

deuten, welche des Menschen Gesicht und Gestalt auf einen jeden ausübt, ohne daß er sich davon Rechenschaft zu geben wüßte; da er aber nicht geschaffen war, irgend eine Abstraktion metho- • disch zu suchen, so hielt er sich am einzelnen Falle, und also am Individuum."

34) S. 57.   In seinem „Garten=Journal" vom J. 1786, das nebst noch zwei anderen Heften sich im Besitz der Großherzogl. Bibliothek zu Weimar befindet.

35) S. 68.   „Was etwa auch eine strenge Kritik an die= sen lieblichen Mährchen auszustellen finden könnte, ist mit dem, was mir das Gefälligste und Anziehendste in ihnen scheint, auf das Innigste verwebt, und man steht in Gefahr, die besten Schönheiten wegzuwischen, wenn man einzelne Flecken auszu= feilen sich erdreisten möchte." (Wieland.)

36) S. 69.   Rippler mit Namen, Tambour, ein kleiner possierlicher Patron, aller Welt des alten Weimar wohlbekannt, und in angetrunkenem Zustande gar viele Mal ein Gegenstand des Gespöttes der weimarischen Straßenjungen, die ihr: „Ripp= ler, Rippler, rau, rau, rau!" ihm nachzurufen nicht müde wurden, welche Expectoration neckischen Kindesmuthwillens dem Aufzeichner· dieses noch als Knaben traditionell zu Ohren ge= kommen ist.

37) S. 69.   Kotzebue a. a. O.

38) S. 69.   Nachgelassene Schriften.

39) S. 75.   Sie hat ihren Namen von dem cynischen Philosophen Menippus aus Halara (nach Anderen aus Sinope), ohngefähr 140 v. Chr. Die durch ihn aufgekommenen Saturae waren kleine fingirte Erzählungen, kurze Novellen hu= moristischer, mehr aber noch persiflirender, moralisch geißelnder Natur. Die Form derselben zeigte sich als ein Gemisch von Prosa und Poesie; den Hauptbestandtheil aber machte, wie bei unserem Musäus, die erstere aus, welche jedoch, ganz wie bei

ihm, so wie der Gegenstand einen Aufschwung in höhere Re=
gionen zuließ oder gebot, oder auch in's rein Komische um=
schlug, unmittelbar eine poetische, vielgestaltige Färbung an=
nahm. — In die römische Literatur hat diese Art von Satiren
der Vielschreiber M. Terentius Varro verpflanzt, und soll der=
selbe nicht weniger als 160 solcher Saturae Menippeae hervor=
gebracht haben, wovon blos noch einige Aufschriften übrig sind.
Nur noch eine von dem Philosophen L. Annäus Seneca ver=
faßte Satire dieser Gattung ist vorhanden unter dem Titel:
Apokolokynthosis, oder: Ludus de morte Claudii, welche die
Verwandlung des Kaisers Claudius nach seinem Tode in einen
Kürbis zum Gegenstande hat, woher der erstere, der griechische
Name dieses satirischen Spiels.

40) S. 77. S. Deutsches Museum 1777.

41) S. 80. Nachgel. Schriften.

42) S. 85. Ganz anders gelaunt fühlte er sich freilich,
als er seiner Nichte in Duisburg über sein Söhnchen die Nach=
richt mittheilte: „Der kleine August hat zwei Zähne, die ich
mit zwölf Groschen habe bezahlen müssen, welches ich sehr un=
gerecht finde, daß ich das, was mir in's Haus wächst, noch
veraccisen muß."

43) S. 89. Eine schwere Krankheit, in deren Folge die
Aerzte ihm einen gelähmten Körper, Erblindung und Gedächt=
nißschwäche, sogar ein dumpfes Pflanzenleben in traurige Aus=
sicht gestellt (wie er selbst in den nachgelassenen Schriften er=
zählt), wovon jedoch, Gott Lob, nichts in Erfüllung gegangen
war, hatte er im Jahre 1780 glücklich überstanden. — „Ich
sehe" — schrieb er nach seiner Reconvalescenz an Mad. Gilde=
meister — „mein gegenwärtiges Leben als den zweiten Theil
desselben an, und da sollte freilich, nach dem Buchmachercostüm,
der zweite Theil dem ersten billig die Wage halten; doch rechne
ich darauf eben nicht sehr."

44) S. 90. Seinem Hausarzte. Es ist dies derselbe Dr. Bucholz (zugleich auch Apotheker), welcher bei Anlegung eines botanischen Gartens in Weimar seiner ausgebreiteten und gründlichen Kenntnisse wegen von Carl August vielfach zu Rathe gezogen wurde, und aus dessen Umgange nicht minder Goethe bei seinen naturwissenschaftlichen Studien Anregung und Förderung gewann. (Vergl. auch Schäfer „Goethe's Leben" I. S. 354.)

45) S. 91. Aufgenommen ist diese Rede in den 10. Theil S. 95—99 von Herder's Werken „Zur Philosophie und Geschichte", und früher abgedruckt in den Monatlichen Heften zur Beförderung der Cultur 3. H. 1. Artikel: Denkwürdigkeiten aus dem Leben ausgezeichneter Deutschen. (Hannover, 1788.)

Nachtrag.

Zu S. 59. Die vorzüglichsten Illustrationen zu Musäus' Volksmährchen sind wohl die des berühmten Dresdener Zeichners Ludwig Richter. Sie gehören unstreitig zu dem Besten, was der Künstler in dieser Gattung überhaupt geliefert hat.

Otto Jahn in Bonn läßt sich über sie in seiner Lebensbeschreibung Richter's (Biographische Aufsätze von O. Jahn. Leipz. b. Hirzel, 1866. S. 265) also vernehmen:

„Die Illustrationen von Musäus' Volksmährchen der Deutschen (Leipz. 1842), zu welchen sich außer Richter: R. Jordan, G. Osterwald und A. Schrödter vereinigten, boten ihm (Richter) die erste Veranlassung, im größeren Maßstab und reicherer Fülle sein eigenthümliches Talent zu bewähren. So wie er der Zahl der Zeichnungen nach vor seinen Mitarbeitern hervortritt, so wird man denselben nicht Unrecht thun, wenn man Richter's Illustrationen zu Rübezahl, Stumme Liebe, Melechsala, Schatzgräber den Preis zuerkennt. Der ironische Humor, mit welchem Musäus das Volksmährchen behandelt und gelegentlich in's Spießbürgerthum versetzt, hat die köstlichsten Figuren und Scenen bei Richter hervorgerufen, und wenn der treuherzige Ausdruck biederer Gemüthlichkeit vorwaltet, so läßt er doch wahrhaft poetischer Empfindung und phantastischer Romantik an ihrem Orte freien Spielraum."

Anhang.

L.

Eine Bauernhochzeit,

ein episches Gedichte in deutschen Knittelversen besungen und abgehandelt, desgleichen auf Verlangen an's Licht gestellt von dem Verfasser.

———————

Cameele tragen schwere Last,
Das Kränzlein ziert den Hochzeitgast.
Siehe das A=B=C=Buch hiervon pag. 9*).

Eine Stunde von Jena, merke wohl,
Was ich dir jetzt erzählen soll,
Da liegt ein Dorf Cunitz genannt,
Wenn man geht über die Brücke linker Hand;
Daselbst wurde eine Hochzeit geschlossen,
Und ich wurde dazu gebeten unverdrossen.
Ich sollte vertreten Pathenstelle
Bei der Braut, ich Junggeselle:
Denn ich wurde eingeladen
Durch den Platzknecht Hans Aden.

Ich trat die Reise glücklich an
Mit einem guten Kameraden lobesan.
Der spielte mir aber das Schelmenstücke
Und kehrte wieder um auf der Gempen=Brücke.
Nun wanderte ich fort ganz allein,
Am hellen Tage bei Sonnenschein.
Bald hörte ich viele Glocken läuten;
Ei! dacht' ich, was soll das bedeuten?

———————

*) Dieses und die nachfolgenden Gedichte sind den „Nachgelassenen Schriften" entnommen.

Drauf ging das Brautpaar Schritt vor Schritt
In die Kirche, da lief alles mit;
Die Mädchen seufzten um die Wette:
Ach! wären wir auch im Brautbette!

Zwei Männer hatten weiße Tücher,
Die thaten für allen andern klüger;
Drum führten sie die Braut wohlgemuth
Vor den Altar zum Bräut'gam gut.

Der Pfarrherr, in einer weißen Perücke,
War etwas klein, doch fett und dicke,
Der erklärte ihnen den Ehestand,
Wie er bräuchlich ist auf dem Land.
Drauf verneigten sie sich mit Zucht und Ehren,
Und niemand konnte ihnen das Heimgehen verwehren.

Da wir nun kamen in's Hochzeithaus,
Da war der Lärm noch lange nicht aus;
Denn es wollte niemand das Essen
Ueber der Hochzeitfreude vergessen.
Erstlich gingen Mann für Mann
Zum Brautpaare lobesan,
Die gaben ihnen alle die Hand,
Und wünschten Glück zum Ehestand.
Etliche tranken Branntwein und Most,
Das war ihnen eine sehr süße Kost.
Etliche erzählten vom Ackerbau,
Etliche schmälten auf ihre böse Frau,
Etliche haben uns auch viel vorgelogen,
Die vor Zeiten waren in den Krieg gezogen.
Endlich, da die Glocke schlug Zwei,
Da brachte man das Tischtuch herbei.
Auch dieses nicht zu vergessen ist:
Der Herr Kantor erschien zu dieser Frist.
Er hielt erst eine lange Rede,
Und war beim Essen gar nicht blöde.

Hört nun an, wie die Gäste saßen,
Da sie die Mittagsmahlzeit aßen.
Erst saß das Brautpaar oben an,
Darnach ich und eine Frau Pathe lobesan.
Ferner der Herr Kantor mit seiner Frauen,
Die ließen sich sehr trefflich schauen.

Endlich kamen die Anverwandten,
Die guten Freunde und Musikanten.
Der Herr Pfarrherr war zwar nicht dabei;
Man schickte ihm aber Brautsuppe und einen Napf voll Hirsen-
                                 brei.

Nun will ich auch noch kürzlich sagen,
Wie das Essen wurde aufgetragen.
Erst Schweinefleisch und Rindfleisch gut,
In einer Schüssel mit Rosinbrüh wohlgemuth.
Dann setzte man auf rothe Wurst,
Und einen Trunk Hochzeitbier vor den Durst.
Auch saure Gurken mit Mostbrühe versehen,
Die haben mir nicht wollen zu Halse gehen.
Darnach hat man die Braten geschaut
In einer töpfernen Schüssel übereinander gebaut.
Dies sei gesagt zur guten Stunde,
Unten lag ein Rindsbraten zum Grunde.
Alsdann ein Schweinebraten nett
Und oben drauf ein Paar Gänse, die waren fett;
Davon mußte eine den Unfall leiden,
Daß sie in die Mosttunke fiel vor großen Freuden.
Nun dacht' ich, wär die Mahlzeit alle,
Da kam nun ein Hirsenbrei mit großem Schalle,
Auch waren noch Schweinsknöchlein mit Zuckerkörnern bestreut,
Nebst Löbekäse für die Gäste bereit.

    Da nun dieses war verricht',
Nahm jeder sein Schnupstuch mit Zuversicht,
Und packte sich etwas ein auf Morgen,
Daß er für den künftigen Hunger nicht dürfte sorgen.
Endlich griff der Herr Kantor an seine Sammetmütze
Und sprach: es ist hier eine große Hitze,
Ich dächte, wir stünden auf vom Tische,
Und gingen ein bischen hinaus in das Frische.
Drauf warfen die Bauern zum Spaße
Die Bratenbeine einander an den Kopf und an die Nase;
Und da sie sich hatten so schön erlustiret,
So wurde eine Musik aufgeführet.
Das Hochzeitpaar tanzte den Vorreihen manierlich,
Dazu weinten die Eltern zierlich.
Da sie sich nun hatten lustig erzeiget,
So wurde ein neues Stückchen gegeiget.

Und der Bräutigam war so klug
Und brachte mir seine Braut sonder List und Trug.
Da mußte ich nun mit allen Ränken
Die Braut recht nach dem Takte schwenken.
Ei wie schöne tanzt der Herr Vetter!
Das geht ja so geschwind wie ein Wetter!
So riefen Beide Alt und Jung,.
Bis ich müde war und begehrte einen Trunk.
Nun kamen auch die andern Gäste d'ran,
Die tanzten alle mit der Braut lobesan.
Ich will zwar keine Jungfer beschimpfen,
Aber etliche tanzten barfuß, etliche in den Strümpfen;
Ferner war die Stube enge,
Da gab es oft Stöße in dem Gedränge.

Nun höre, wie es weiter ging.
Bis um ein Uhr wurde getanzet flink;
Doch ehe man sich's versah,
War weder Braut noch Bräutigam da;
Daher war auch das Tanzen vorbei,
Und man trug wieder Essen auf mancherlei.
Schweinsknöchlein mit Zuckerstengeln
Wurden verzehrt von den großen Bengeln;
Hernach wurde eine Musik gebracht
Dem Brautpaare in der finsteren Nacht,
Und zwar vor dem Brautbette ohne Scheu,
Glaube mir dieses, bei meiner Treu.
Auf einmal erhub sich ein Lärmen und Schrein,
Daß ich glaubte unter Dieben und Mördern zu sein.
Man warf Hüte und Mützen auf die Braut;
Das sollte nun wohl zeigen an,
Daß sie keinen Kranz mehr durfte tragen lobesan.
Sie würde sich schämen und sich verstecken,
Und müßte sich mit der Mütze bedecken.
Wollten wir nun den Hut wieder haben,
Mußten wir solchen lösen mit Geld und Gaben.

Drauf wünschte man den Schlafgesellen eine gute Nacht,
Und so wurde der Hochzeit der Beschluß gemacht.
Ich legte mich auf eine harte Streu,
Und so war die Hochzeitfreude nun leider vorbei.

II.
An seine Gattin,
am 3. März 1773*).

Hör' an, mein lieber kleiner Sohn,
Ich merke, du verstehst mich schon,
Und weißt wohl, daß bei später Nacht
Dein Vater emsig Verse macht.
Nun diese, wenn sie fertig sind,
Bewahre du, mein liebes Kind,
Bis Morgen früh der Himmel graut,
In deinem Bett; dann werde laut,
Und wenn Mama davon erwacht,
Und freundlich dir entgegenlacht:
So reich dies Blatt, der Liebe Pfand,
Ihr hin mit deiner kleinen Hand,
Und lächle ihr so himmlisch schön,
So sanft — du wirst mich wohl verstehn —
Daß sie, beim ersten Morgengruß,
Durch dich Entzücken fühlen muß.
Auch darfst du Morgen ja nicht schrein,
Mußt frömmer als ein Lämmchen sein.
Warum das alles? fragest du.
Du sollst's erfahren, höre zu.
Die Mutter schlief, nach deinem Brauch,

---

*) Kotzebue sagt bezüglich dieser Poesien in der Vorrede zu den Nachgel. Schriften: „Man wird in Musäus' Gedichten an seine Frau Lücken finden, weil ich nur diejenigen auswählte, welche durch den Charakter der Herzensgüte und so manchen niedlichen Einfall jeden Mann und jede Frau interessiren müssen, wenn sie auch nicht die seinige war." — Unsere Auswahl des Gegebenen mußte sich selbstverständlich noch weit mehr beschränken.

Vor Zeiten in der Wiege auch,
Und nun ist heut ihr Wiegenfest,
Das uns der Himmel feiern läßt.
Darüber hat wohl Niemand sich
Zu freun mehr Recht, als du und ich.
Drum wollen wir zur Vorsicht stehn,
Daß wir es noch recht oft begehn.
Die reine Unschuld sieht aus dir,
Die treuste Zärtlichkeit aus mir,
Die als das beste Opfer glüht
Zum Schöpfer, der uns beide sieht;
Und ihm ist die Erhörung leicht,
Die beiden uns zum Glück gereicht.
Der lieben Mutter bestes Loos
Sei einst: mich grau zu sehn, dich groß!

III.

An dieselbe,
den 3. März 1778.

———

Weile, weile! Nicht auf Adlersschwingen
Trage meiner Gattin Tage fort,
Ach, du kannst sie nicht zurücke bringen,
Unbeugsames Schicksal! — — Welches Zauberwort,
Welcher Talisman kann deinen Fittig halten,
O du Flüchtling, pfeilgeschwinde Zeit!
Schon furchst du mir um die Augen Falten,
Und verscheuchst der Jugend Fröhlichkeit.

Hätt' ich Kraft, in deines Rades Speichen
Einzugreifen, das sich immer vorwärts dreht,
Stehen sollt' es fest und nimmer weichen,
Stehen sollt's, wie eine Mauer steht.

Denn so lange lüstet mich, die süßen
Freuden, die ein glücklich Bündniß mir beschied,
Hier auf Gottes Erde zu genießen,
Als die goldne Sonn' am Himmel glüht.

Für mich blühn noch alle Deine Reize,
Hälfte meines Lebens; aber bald
Wird die Zeit mit räuberischem Geize
Sie Dir nehmen diese reizende Gestalt.

Laß den Glanz der frischen Jugend schwinden,
Zärtlichkeit und Liebe kann doch nie
Unbestand der Zeit aus unsern Herzen winden;
Liebestreu wiegt über sie.

Fröhlich wallen will ich Deinem Fest entgegen,
Noch als Greis voll Jünglingsfreude glühn,
Und dem guten Gott verdanken jeden Segen,
Den er, beste Gattin, mir durch Dich verliehn!

———

IV.

An dieselbe,
am 3. März 1779.

———

Liebe Freundin, sieh, mir ist's gelungen,
Hab' mich glücklich durch die Welt gesungen,
Sage den neun Schwestern gute Nacht,
Deren Gunst so wenig Freude macht.

Hörtest Du im Schauplatz und des Tempels Hallen
Einst nicht mit Entzücken meine Lieder schallen?
So wie Du, behorchte mich die ganze Stadt,
Und Triumph! nun ist sie meiner Lieder satt.

Mir ist wohl! darf mich um keinen Reim mehr kümmern,
Kaue keine Feder, baue nicht aus Trümmern
Der Romane Opern, oder such'
Texte zu Cantaten aus dem Bibelbuch.

Aufgestanden sind jetzt große Geister,
Sieben freier Künste siebenfache Meister,
Pflanzen als Regenten sich nun auf den Thron,
Und posaunen Lieder laut im Orgelton.

Aber ich hab' auch noch Abhärenten,
Die mir ihren Beifall gönnten,
Kitzelt' ich nur oft ihr horchend Ohr,
Und säng' ihnen meine Lieder vor.

Doch ich lehre sie, sich zu gedulden:
Erst bezahl' der Herr den Doppelgulden,
Sprech' ich zu dem Küster, und dann reim' ich auch
Ihm den Bettelwunsch nach Landesbrauch.

Und verlör' ich auch noch diesen Kunden,
Wär' mein Beifall darum nicht verschwunden;
Dennoch, meine Theure, hörtest Du
Meinem Liede, hoff' ich, gerne zu.

Drum weih' ich von nun an, o Du Beste!
Meine Reimkunst Deinem Wiegenfeste.
Gott verleih', daß ich, so froh ich heut begann,
Manch' liebes Jahr Dich noch besingen kann.

Deines Wiegenfestes Feier
Bei beglückter Wiederkehr,
Ist uns heilig, hehr und theuer,
Ist uns Wonnetag und mehr:
Weil, gleich Schatten an der Wand,
Deines Kranken Unmuth schwand.

Krönen wird der Vorsicht Segen
Deines Lebens edle Müh',
Sieche Liebe sanft zu pflegen;
S e l b s t Dir lohnen kann sie nie.
Doch, Dir, wie sie kann, zu danken,
Nebt sie Treue ohne Wanken.